兄弟（仮）！

和泉 桂

JN267176

幻冬舎ルチル文庫

CONTENTS ✦目次✦

兄弟（仮）！

兄弟（仮）！ …… 5

あとがき …… 211

それからの話 …… 213

✦カバーデザイン＝タカノリナ（Kaimana Works）

✦ブックデザイン＝まるか工房

イラスト・のあ子✦

兄弟（仮）！

可愛《かわい》い。

たとえるなら、曇り空から落ちてくる最初の雨の粒。

その一滴みたいに、大きくて衝撃的なものが弓場《ゆみば》庸平《ようへい》の頬に触れた気がした。

瞬《まばた》きをしてから、相手をまじまじと見直す。今度は足の先から頭の先までを、まんべんなく。

可愛い。

二度目もまったく同じ単語が、今度は自分の胸の奥からじわっと涌《わ》き上がってきた。

適度に躰《からだ》を包み込む座り心地のよい革張りのソファから立ち上がった庸平は、ふらつく足取りでよく磨《みが》かれたタイルを踏みしめ、そこでようやく自分の中に生まれた衝撃の意味を理解した。

つまり、可愛いんだ。

相手の容貌が可愛すぎて、その一言しか思いつかなかったのだ。

新宿にあるホテルのロビー。中学生の庸平が初めて足を踏み入れるようなラグジュアリーホテルというだけあって、それなりに整《ととの》った恰好をした人々が行き交っている。庸平だって中学生の分際で、従兄弟《いとこ》の結婚式のために準備したスーツを身につけていた。

もっとも、成長期の躰には若干窮屈な代物《しろもの》だ。

空気は少し淀《よど》んだようにまったりとしていて、時間と切り離された別空間だと感じる。

その異空間にまるで何の違和感もなく、相手はすっと馴染《なじ》んでいた。

吊《つ》り上がった大きな目が印象的。さらさらの髪、淡い桜色の唇。日焼けなんてしそうにない、白い膚《はだ》。どこか無機質な雰囲気のある彼は奏《かなで》という綺麗な名前の持ち主だった。

本当に男、なんだろうか。

パンツスーツに身を包んだ女の子ということは、なくて……？

「どうしたんだ、庸平」

自分以上にそわそわして落ち着かない様子の父に問われて、庸平ははっとする。似た者親子と評されるとおり、庸平と父の晃一《こういち》は外見はよく似ている。はっきりとした目鼻立ちに、バランスのよい長軀《ちょうく》。

見目でいえば、それなりに悪くはないはずだ。

「はじめまして、弓場庸平です」

気を取り直した庸平がそつのない笑みを浮かべると、奏は射るような鋭い視線をこちらに向けてくる。それから、一言だけ「奏です」と告げた。

声は紛《まぎ》れもなく少年のものだったから、顔合わせの緊張のあまり父が間違えた情報を与えたわけではないようだった。

傍《かたわ》らで微笑《ほほえ》む奏の母――バツイチの雑誌編集者だという倫子《みちこ》もはっきりとした目鼻立ちをした美しい人だったが、奏の端整な顔立ちは何というかとても目を惹いた。

こんなふうにあっさりと新しい家族候補に引き合わされただけでなく、その相手が美形親子であったことに庸平は心底動揺していた。

しかも、それを言われたのはつい数時間ほど前のことなのだ。

そもそも、父が「大事な話がある」と言い出したのが今朝の話で。

いきさつは、こんなやり取りだった。

土曜日の午前十一時過ぎ、すっかり朝寝坊した庸平が欠伸《あくび》をしながら一階に下りていくと、新聞を読んでいた父がちらりと視線を上げた。

「おはよう」

おはようという時間ではないのだが、適切な挨拶《あいさつ》を思いつかずにそう返す。

「おはようございます。……どうしたの？」

「え？」

「なんか、変な顔してる」

マグカップに牛乳を注《つ》いだ庸平がつい突っ込んでしまうと、父は「そうでもないよ」と強張《こわば》った笑みを浮かべる。

明らかに、様子がおかしい。いつもは落ち着いた晃一だけに何かあったのだろうか。

不安に駆られた庸平の気持ちを知ってか知らずか、彼は唐突に切り出した。

「大事な話がある」

一大事の予感がした。

これまで父一人子一人の二人暮らしで、風通しのいい関係を父が心がけてくれていたのは知っている。だからこそ、彼がどんな重大なことであっても打ち明けてくれるだろうとわかっており、何を聞かされたとしてもおかしくはないとも思っていた。

「会ってほしい人がいる」

「何だ、そっちか。いつ？」

「そっち？　いいのか？」

このところの少子化で大学教授の晃一がリストラにでも遭《あ》うのではないかと常に心配していたので、自然と庸平の口調も緩《ゆる》んだ。

「いいよ」

もしかして、恋をしているのではないかと思ったことは何度もあった。

浮かれているというのか、急に身だしなみに気を遣《つか》うようになったし、やけに父親らしくなり、庸平の食生活を気にしたりするようになったからだ。

無論、亡くなった母のことを思えば、淋《さび》しくはある。だが、母を亡くしたのが幼稚園時代だったし、彼女に操《みさお》を立てて一生独身を貫《つらぬ》けといえるほど、庸平だって自分勝手ではない。

父には父の人生がある。

「そうか。じゃあ、支度《したく》してほしい」

「え？」

今度こそ庸平は面食らって、声を上擦《うわず》らせた。

「もしかして……」

「ああ、これから会うんだ」

「構わないけど、何時にどこ？」

「六時に新宿だ」

それならば、これから支度しても十二分に間に合うとほっとする。

「どんな人？」

「え？」

どうやら自分の質問が今度は不意打ちだったらしくて、晃一はあからさまに挙動不審《きょどうふしん》になった。

「父さんのつき合ってる人に会うんだよね。少しは情報を入れて対策しておかないと」

「対策って、どんな」

すっかり動揺しきっているらしく、彼の声が掠《かす》れている。

「好かれたほうがいいでしょ、俺も」

「ああ、それなら問題ないよ。おまえは私の自慢の息子だ」

安心したように父は穏やかに笑った。

「どちらかといえば、私が先方のお子さんに気に入ってもらえるかが問題だよ」

「会ったことないの？」

「ないよ」

「じゃあ、反対しているとか？」

「そういうわけではないんだが……少し、変わった息子さんらしいんだ。高校生なんだけどね」

父が不安を吐露《とろ》したので、庸平は「ふうん」と相槌《あいづち》を打つに留《とど》めた。

変わっていると評されるのであれば、それは庸平だって同じだった。頭が良かったり突出している人間は、ひとくくりでそう言われたりするものだ。

そもそも顔合わせにきちんと出席するような人物であれば、そこまでおかしくはないだろう。

そう考えつつ、庸平は指定された時刻の少し前にホテルのラウンジへ向かった。父と一緒に揃《そろ》って家を出るのは、何だか気恥ずかしかったからだ。

既に晃一は到着しており、相手の女性と親しげに談笑している。先方の息子というのは見当たらないようで、庸平は緊張しつつ二人に近づいていく。

夜のホテルに足を踏み入れることはめったにないので、そこは自分の知らない大人の世界みたいで緊張した。

父はこんなところでデートをしているのか。

「庸平」

近寄っていく自分に気づいた晃一が右手を挙げたので、庸平は微《かす》かに会釈《えしゃく》をする。すかさず女性が腰を浮かせ、庸平に向かって笑みを浮かべた。

「はじめまして」

にこりと笑ったのは、やわらかな表情が印象的な美しい女性だった。

年齢はたぶん、父と同年代くらい。

「春山《はるやま》倫子です。庸平くんですね？」

「ええ」

「話に聞いていたとおりだわ。中学生に見えないし、とてもイケメンなのね」

父がそんなふうに自分を評していたことが意外で、つい、頬が火照《ほて》った。

「あら、奏」

倫子の声に反射的に振り返った庸平の目に映ったのは、可愛らしい顔立ちの人物だった。

それきり、庸平はフリーズした。

可愛い。

心中で何度も繰り返してしまうくらいに、感動するほどに奏は可愛かった。

奏はといえば庸平の不躾《ぶしつけ》な視線にもまるで動じることなく、一度だけ瞬きをする。

瞬きのタイミングが遅い。

まるで、夢見ているみたいに少しゆっくりと目を閉じる様に、庸平はすっかり見惚《みと》れていた。

「奏です」

だから、ワンテンポだけ返事が遅れてしまった。

「あ、はい……よろしくお願いします」

慌《あわ》てて頭を下げると、愛想のないらしい奏はにこりともせずに庸平から視線を逸《そ》らした。逆に倫子はころころと笑った。

「奏は誤解を招きやすいタイプだけど、母親思いのいい子なんです」

「俺……僕はよくそつがなさ過ぎるって言われるので」

フォローにならない言葉を口走り、庸平はもう一度深々と頭を下げた。何となく自分のせいで奏のテンポが狂ったのではないかという気がして、その謝罪の気持ちもあった。

ちなみにここまで無言でいる父はといえば、もう見るからに脂下《やにさ》がっている。それが微笑ましくて、かなり気分が解《ほぐ》れた。

食事はフレンチのコースで、恙《つつが》ないものになった。

四人での――いや、三人での会話は思っていた以上に弾《はず》んだし、仕事に打ち込んでいる倫子は庸平から見ても尊敬できるタイプの女性だった。

今更母となる女性に必要以上の母性を求めるつもりはなかったので、これくらいでちょうどいい。

何より、堅物の父がこれからの人生のパートナーに選んだ女性なのだからよほど心に決めているのだろう。だとすれば、文句はなかった。

食後のコーヒーの段階になって奏が席を外したので、庸平もさりげなく席を立った。ここまで、二人とも緊張しきっての食事会だっただろう。ならば、ほんのわずかでも二人きりにしてあげたいと思ったからだ。

奏もきっとそう思って気を利《き》かせたに違いない。

案の定、化粧室にはどこにも奏の姿がない。彼を探してあたりを見回すと、ロビーを見下ろせる吹き抜けのところで奏がぼんやりと立ち尽くしていた。

「奏、くん」

兄さんと呼ぶには時期尚早《しょうそう》に思えて、庸平は呼びかける言葉を選ぶ。

「なに？」

「改めて、よろしくお願いします」

「よろしくってどういう意味で？」

面くらった。

社交辞令をまともに受け止め解釈しようとしている奏は真面目なのかふざけているのか、よくわからない。

「どうって、兄弟になるわけだし……上手《うま》くやりたいんだ」

「ふうん」

奏はそう答え、こくりと自分を納得させるように頷《うなず》いた。

彼が頭を振ると、その小さなシルエットが揺れてまるで振り子みたいだ。

その小さな仕種《しぐさ》にさえ、目を奪われる。

どうしてなんだろう。

どこもかしこも、見惚れてしまう。たとえば、今も。

奏のほっそりとした指が白い軌跡を描き、すうっと中空の一点を指す。

「あそこ」

「え？」

おかげで、またしても奏に見惚れている自分に気づくのが遅れた。

「星みたいだ」

薄暗いロビーを飾る光の数々は、暗い海にたゆたう深海魚の光のようにも、夜空を照らし出す星明かりのようにも見えた。

呟《つぶや》いた彼の表情があまりにもやわらかくて綺麗だったので、目が離せない。

なんて鮮《あざ》やかな表情をするんだろう……？

もっとこの表情を見ていたい。毎日そばにいて、これからずっと奏を見ていられるなんて、まるで夢みたいだ。

今にしてみれば、あのとき、庸平は恋に落ちていたのだ。

奪われていたのは、目じゃなくて心だ。

もっとも、庸平自身が奏という至極厄介《しごくやっかい》な相手に惚れてしまったと気づくまで、まだしばらく時間が必要だった。

1

大学のOBに強引に引っ張っていかれた交流会とやらは、完全にただの合コンと化していた。会場となった都内の一軒家レストランは、華《はな》やかに装《よそお》った女性とスーツ姿の男性で溢《あふ》れている。

従業員たちも手慣れたもので、手際《てぎわ》よく料理やドリンクの補充をしている。

安い居酒屋やカラオケでの合コンに慣れた大学三年生の庸平には、こうしたお洒落《しゃれ》な会場というのは新鮮に映る。

つくづく自分は場違いだと感じつつも、庸平は半《なか》ば上の空で立食パーティの料理を眺めていた。料理はそれなりに美味《おい》しかったが、コストパフォーマンスはあまりよくはない。

そろそろ家に帰らなくては、前期試験の代わりになるレポートの仕上げが間に合わない。明日のメニューはカレーと決めているからそれにも取りかかりたい。こちらだって真面目《まじめ》な学生である以上は、やることがたくさんある。

そんなことを考えていると、「おい」とエビチリやら春巻きを山盛りに戻ってきた先輩の吉沼順一《よしぬまじゅんいち》に脇腹を小突かれる。

「な、何ですか」

「飽きたって顔だぜ」

「そりゃ飽きますよ。異業種交流会って、ただの合コンじゃないですか。おまけに俺、まだ学せ……」

庸平がつらつらと文句を言いかけたところで、吉沼はわざとらしく咳《せき》払いをする。

「その辺はいいいんだよ」

「いいって、よくないと思いますけど」

しらけた口調の庸平は、吉沼を見下ろした。

参加資格として、一応、社会人とかそういう区切りがあるのではないだろうか。周りを見渡しても、どう考えても男性陣は庸平より年上の人間のほうが多そうだ。男女比はそれなりに適切だったが、女性同士でおしゃべりしていたりと盛り上がりには欠けている気がする。

「だいたいおまえも察しろよ。名刺持ってこいって言った時点で合コンだろ」

「そんなわけないでしょう」

大学のサークルの先輩で既に社会人の吉沼は三つ年上だが、自分で起業している身だ。学生時代からベンチャービジネスに関心を持っていただけあって、就職して三年間修行すると、あっという間に退職して会社を立ち上げたのだ。

地元である湘南《しょうなん》に戻って街を活性化させつつ自分のビジネスを成功させようとする吉沼の奮闘ぶりは、普段からクールな庸平にとっては眩《まぶ》しすぎるものだった。

「だいたい俺を連れてきていいんですか？」

「なに、それ。おまえのほうがもてるからって？」

からかうような口調だった。

「まあ、否定はしません」

すらりとした長身に、男らしく整った顔立ち。それなりに女性の目を惹くほうだとは自覚している。

どちらかといえば小柄な吉沼はそれなりに肉もついているし、庸平と比べればやや見劣りしてしまう。

だが、オタク気質とはいえ吉沼は時代を読む目を持っているし、優秀な先輩だ。こうして軽口を言っても怒らない度量の広さも持っている。庸平が学業との両立に苦しんでいるWeb制作のバイトだって、吉沼の紹介がなければきっと手を出さなかっただろう。

そもそも経済学部の自分にシステム開発を手伝わせようと目録《もくろ》むこと自体、吉沼は慧眼《けいがん》というか適当というか……とんでもない人材だと思っている。

「あのぉ」

ワイングラスを手にしてやって来た女性二人組を目にし、吉沼は「はいっ！」と声を上擦らせる。全身に緊張を漲《みなぎ》らせた吉沼は、常になく背筋をしゃっきりと伸ばして身長を高く見せようとしている。

そこそこ可愛らしい女性で、見たところ二十代前半か。彼女たちは吉沼をスルーして、真っ向から庸平を見つめる。

「何ですか？」

「弓場さんっておっしゃるんですね。珍しい苗字《みょうじ》」

スーツの上着につけられた名札とそのふりがなを読み取り、彼女たちはにこやかに笑った。

「ええ、よく言われます」

面倒だったが、ここは吉沼を立ててやらなくてはいけないと庸平はにこりと唇を綻《ほころ》ばせる。

「どんなお仕事してるんですか？」

「Ｗｅｂ制作やシステム開発です！」

傍らにいた吉沼が、ここで庸平によけいなことを言わせまいと素早く割って入る。だが、その勢いがよすぎたせいで彼女たちは完全に気圧《けお》された様子で一歩後退《あとずさ》った。

「こちらは……ええっと……お友達……ですか？」

ここで怖がらせてどうする、と庸平は思ったものの口にはできない。

「はい！　吉沼です」

心なし胸を張った吉沼に彼女たちは苦笑し、それから再び庸平に視線を向けた。

「ご趣味はなんですか？」

「うーん……この頃忙しくて。強《し》いて言うなら、町歩きです」

「あ、私も好きです。スイーツを食べながらのお散歩とか」

途端に彼女たちは表情を輝かせるが、話が長くなるのが面倒だったし、吉沼の印象を高評価なものにしたほうがいい。何よりもこんな自分にとって益のない会合にうんざりしているので、会費を負担してくれた吉沼には申し訳ないものの、庸平はひとまず自分が犠牲になってみることにした。

「俺の目当ては仏像ですね」

にこやかに笑う庸平に対し、彼女たちは一瞬無言になる。

「そう…なんですか。最近、流行《はや》っていますね」

「ええ」

仏像が流行っているといってもかなりマニアックな趣味だし、彼女がそれについてこられることと自体にちらりと感心する。

だが、それまでだ。

生憎、庸平は彼女たちに関心は抱いていない。靡《なび》くことなんて、まず考えられなかった。

「仏像っていろいろな表情があって面白いですよね。それで、弓場さんは好みのタイプってどんな感じですか？」

すごい……接続詞の使い方がまったく合っていない。

庸平が舌を巻くほどの強引さで、ベージュ色のワンピースの女性は会話の方向性を変えてしまう。

「俺はお二人みたいな可愛い系ですね」

吉沼がめげずに話に入り込んだが、彼女たちは完全にスルーして「弓場さんは？」と尋ねた。

「初恋の人です」

「……え？」

「初恋の相手を今でも忘れられないんです。だから、その人が俺にとっては好みのタイプです」

「…あら」

彼女たちはどうしたものかという表情でお互いに顔を見合わせている。

これは庸平が、かなり微妙な物件だと悟《さと》ってくれたに違いない。

「じゃあ、俺、そろそろ失礼します」

庸平はきびきびと言うと、吉沼を顧《かえり》みた。

「帰るって、どうして！」

咎《とが》めるように吉沼は声を荒らげたものの、開始から一時間は経《た》っているし、庸平としては珍しく愛嬌《あいきょう》を振りまいて義務を果たしたつもりだ。

「明日はカレーなんです。今日のうちに煮込み始めるつもりなんで」

呆然《ぼうぜん》としている女性二人に会釈をした庸平は踵《きびす》を返し、さっさとその場を離脱すべく会場となるレストランの入り口から滑《すべ》り出た。

「おい、明日の打ち合わせ忘れんなよ⁉」

「わかってます」

背中から呼びかける吉沼にひらひらと手を振り、庸平はレストランのエントランスを抜けてから大きく伸びをした。

午後八時過ぎ、東京の空は星が見えないくらいにぼうっと明るい。

ここに比べればずっと星がよく見える湘南の空を、早く仰《あお》ぎ見たかった。

吉沼は有能な先輩だったが、合コンの同伴者の人選は問題がある。

庸平には好きな人がいる。初恋の相手を大事にしている以上は、合コンで適当な女子とくっつくという選択肢はなかった。


翌朝。

合コンでの疲れは、深い眠りのおかげですっかり吹き飛んでいる。

もったいないくらいの快晴だったので、庸平は朝一で自分のシーツを洗って干した。

雲一つない空を飛行機が通り過ぎるのをぼんやり眺めてから、住宅地の通学路を走っていく小学生の姿にはっとする。

このままだと、吉沼との待ち合わせに遅刻しそうだ。

自分の支度もあるが、義兄の奏だって今日は何か打ち合わせがあるらしい。ダイニングに置いてあるカレンダーには八時と赤ペンで書いてあったからだ。すなわちそれは八時に起こせということなので、容赦なくたたき起こすことにした。

「兄さん、起きて」

ドアをノックしながら呼びかけてみるが、案の定、奏の返答はない。小さくため息をついてから、庸平は遠慮なしにドアを開ける。

ブラインドが閉まっていて、完全に朝陽を遮《さえぎ》っている。

奏は枕の下に頭を突っ込み、丸くなって眠っていた。

……変な恰好だ。

奏がベッドから落ちていなくてよかったと庸平はほっとしたが、彼が掛け布団の上に寝転がっているのに気づいて、眉根を寄せる。

どうやら昨日の彼はぎりぎりまで仕事をしていて、倒れ込むように眠りに落ちたらしい。

フリーランスのエディトリアルデザイナーというのは不規則になりがちな仕事だとはわかっていたけれど、これでは健康にはよろしくない。

あまり口うるさくしたくはないものの、のめり込み型の奏にはいわゆるストッパーがついていない。機械的に日々を過ごし、異変に気づいたときは倒れることもままあるので、庸平がしっかりとしていなくてはいけなかった。

「兄さん」

声をもう一段強くし、枕を強引に剝《は》ぎ取ると、さらさらの髪に覆《おお》われた小さな頭が見えた。

「兄さんってば」

再度呼びかけてやったところ、そこでやっと奏の長い睫毛《まつげ》が震える。

寝顔は写真に撮っておきたいくらい綺麗なのだが、そんな余裕はない。そもそもここで兄の写真をコレクションなどしたら、自分は変態まっしぐらで後戻りできなくなってしまう。

「いい加減にしないと、遅刻するよ」

ぱちっと目を開けた奏は身を起こし、「何時」と聞いた。

朝寝坊するわりには起こすときちんと覚醒しているのだから、目覚まし時計なりスマホのアラーム機能なりを使えば、いつだって庸平の手を煩《わずら》わせずに起きられるはずだ。

なのに、こうして見回しても奏の部屋には時計やカレンダーのたぐいはない。白い壁にはマスキングテープと剝がせるメモであれこれ書き連ねたメモが貼ってあるくらいで、パソコンデスクに載《の》ったデスクトップパソコンのディスプレイが一番激しく主張している。

時間に縛《しば》られたくないというくせに、奏の職業はかなり時間に縛られているのだから、矛《む》盾《じゅん》している。

「八時」

「やば……起きなきゃ」

「だから起こしてるんだよ」

庸平が微かな苛立《いらだ》ちを見せると、奏は不機嫌《ふきげん》そうな視線をちらりと向けた。

「なに、怒ってるの？」

珍しく自分の心情を慮《おもんばか》られると、どきっとしてしまう。

それくらいに、めったにないことだったからだ。

「怒ってないよ」

起こしてくれてありがとう、の感謝の言葉がないのがいかにも奏らしい。

「今の大学生って」

それどころか、まったく予期していなかった質問をされて庸平は面くらった。

「なに？」

「パソコン使わないって本当？」

「使わないやつは全然使わないよ。スマホのほうが早かったりするし、レポートもスマホで書いちゃうやつだっている」

朝の忙しい時間帯にするような質問ではなかったが、そういう常識を奏に求めるのは無駄だ。

「ふうん」

奏は大きく欠伸をし、ベッドの上からフローリングの床に滑り降りた。小さな足は爪や指のかたちに至るまでが庸平のそれとは違い、自分と奏のあいだには血のつながりがないのだとしみじみ思い知らされる。

「今日、何時に帰ってくる？」

「八時頃？」

ベッドの上に白いシャツを投げ、奏はそう呟く。

「昨日、遅かったみたいだな」

「ああ、吉沼さんに異業種交流会って言われてついていったら、ただの合コンだった」

「……ふうん」

「就活の役に立つかと思ったから行ったのに、だしに使われて参ったよ」

「だしに使ってもらえるんならいいんじゃないの」

どこか棘《とげ》を含んだ声で言われて、庸平は妙に機嫌が悪いなと訝《いぶか》った。

それなりに外面《そとづら》がいい奏だったが、いいのはまさにそれだけだ。

奏は庸平をはじめとして、家族には誰に対しても無頓着《むとんちゃく》だ。かといって暴力を振るうとか暴言を吐くとかそういうことではなく、一貫してあまり交流を持とうとしない。

両親はただいま海外赴任中なので接点の持ちようはないが、唯一同居している庸平は朝には起こしてやるし、食事の支度はできる限りしている。洗濯はさすがに溜《た》まるとスイッチくらい入れてくれるが、全般的に自分でもどうかと思えるほどに献身的だ。

もともと父子家庭育ちで家事全般は得意だが、庸平が大学生になると同時に父はイギリスの大学に赴任したので、奏の世話係としてあてにされていたのではないかと疑いたくもなる。

そのくせ、三年も一軒家で二人暮らしをしているのに、奏にしてみれば庸平など自分の世話係程度の認識しかないのか、何くれとなく面倒を見たところでまったくといっていいほど労《ねぎら》いはない。

だから、彼に対して「してあげる」という概念《がいねん》をもって接したりしないように、努《つと》めて自制している。

彼のことは一般常識における『兄』とは違う不思議な生き物として見なくては、やっていけないのだ。

「飯は？」

「食べる」

まだ眠そうな欠伸混じりの返答を聞きつつ、庸平は「トーストでいい？」と聞く。

「ん」

「焼いておくから五分以内に来て」

「わかった」

正解だったと思い、自然と唇が綻びる。

ここ一週間ほどの朝食のサイクル的に奏がトーストを食べたがるのはわかっていたが、それでも心配だったのだ。

トースト、オートミール、シリアル、スコーン、オートミール、スムージー……ここ一週間の奏の朝食を思い出しかけ、庸平は我ながら自分の考えに面倒くさくなってきて舌打ちをした。

秀才の誉《ほま》れ高く記憶力抜群だとゼミの指導教官にも褒《ほ》められるほどなのに、その頭脳を奏に関するデータの処理に使ってどうするつもりなのか。

だが、奏は自分の気に入らないものだとたとえ空腹であっても食べない面倒くさい性格なので、彼の好みとペースを把握することには大きな意味があった。

トースターに四枚切りのイギリス食パンを突っ込み、庸平は「やべ」と舌打ちをする。朝から打ち合わせの予定があるのに、これでは遅刻しそうだ。

「出かけてくる。戸締まりしてって」

「うん」

洗面所に立った奏は、半分上の空で頷く。

寝起きの悪い兄だけに、これはまだきちんと目覚めていないに違いない。

「ちゃんとセキュリティやっていけよ？　このところ空き巣が多いんだから」

「わかった」

このあたりはお屋敷町だが、昼間は人通りが少ない。そのせいで空き巣が増えているらしく、よく町内会からお知らせが回ってきている。

弓場家は敷地が広いくせに両親の海外赴任のために昼間は無人になり、そのことを母親などはひどく案じていて、引っ越し前にセキュリティシステムを完備していったのだ。

しかし、一度仕事に入るとほかのことがまったく目に入らなくなる奏の性格上、そんなことは無意味だ。

わざわざ駅近くのシェアオフィスを借りて通勤しているのも、生活のリズムを作るためらしい。

「あと、夕飯、カレーだから」

「…………」

「昨日から煮込んでるんだ」

奏にとってはどうでもいい情報かもしれないが、暗に、美味しいものができたから早く帰ってこいと促しているつもりだった。

顔を洗っていた奏が、水滴を拭わずにこちらを見たものだから、ぽたぽたと垂《た》れる水が洗面台どころか床まで濡《ぬ》らしている。

舌打ちをしたが、それをフォローしていてはこっちが遅刻してしまう。

「行ってきます」

「うん」

奏はあの濡れてしまった床なんて拭かないんだろうと思いつつも、それを自分がやっては完全に約束に遅れてしまうので、庸平は心を鬼にして自宅を飛び出した。

そもそも、そこまで奏の面倒を見ていたら、庸平の生活が立ちゆかない。

行ってらっしゃいくらい言ってくれればいいのに、それすらない。

手ごたえがないとは、こういうことだ。

わざわざ駅近くのシェアオフィスを借りて通勤しているのも、生活のリズムを作るためらしい。

澄み渡る青空を視界の端《はし》で追いかけながら、庸平はできる限りの速度で自転車を走らせた。

2

降雨のとき以外は庸平は駅の近くまで自転車で行き、月極《つきぎ》めで契約している公営駐輪場に停車する。今日は梅雨時なのに珍しく晴天で、ここまで自転車で来た。

駅前にはバスロータリーやタクシー乗り場、お土産物屋、カフェ、ファストフードなどの店が雑然と並んでいた。

待ち合わせに指定されたカフェは入り口は白いペンキで塗られ、ところどころ剝げているのが味になっている。入り口は狭いのに中が広々としているのが特長で、一年中人の多い観光地にしては珍しくなぜだかいつも空《す》いているため打ち合わせに使うことが多かった。

「庸平」

片手を挙げたのは、昨日顔を合わせたばかりの吉沼だった。

「あ、昨日はすみませんでした」

さらっと謝《あやま》った庸平に、吉沼は「もういいよ」と笑う。

「上手くいきましたか？」

何となく先行きは予想がついていたものの、つい、聞いてしまう。

「いや、あの二人はほかのイケメンに攫《さら》われた。あれならおまえと競《せ》ったかもしれないぜ」

自分だったらまだ学生という時点で大きな減点になりそうだから、そのイケメンがそれなりの会社に勤めていればきっと庸平よりは人気があったに違いない。どのみち、あのまま会場にいればすぐにぼろが出ただろう。

「またいい出会いがありますよ」

心にもない台詞《せりふ》に、吉沼は肩を竦《すく》める。

「簡単に言ってくれるよなあ、おまえ……恵まれてるやつは余裕ありすぎ」

ぼやくように言ったものの、彼がさほど本気でないことはわかっていた。

彼女が欲しいというのは口癖だったが、それほど熱心には探してない。昨日の合コンも仕事絡《がら》みで知り合った友人のためだろう。

吉沼だって硬派で、二人の所属していたのはちゃらちゃらしたインカレサークルとはほど遠い、学生のうちに起業を目指すベンチャー研究会だった。吉沼は面白い先輩だったがあっさりと卒業してしまったので、交流はそこで途絶《とだ》えるかと思っていた。しかし、吉沼もまた同じ湘南在住の庸平を買ってくれており、今では彼の会社でバイトをしている関係だ。

「すみませんでした」

「で、今日珍しくぎりぎりだったのは？　マジでカレー作ってたとか？」

「いえ、それは昨日で済ませました。今朝は兄がなかなか起きなくて」

庸平が頭を下げると、吉沼は眼鏡のブリッジを押し上げながらわざとらしく目を丸くした。

「なんか……おまえ、本気で過保護だな」

「そうですか？　普通だと思いますけど」

家に一人手のかかる人間がいたら、どうしたってその相手にかかりきりになるものだ。

とはいえ、奏は成人男性にしてはだいぶ規格外の存在だというのは庸平もしみじみと認識している。

「だっておまえの兄貴って俺と同い年だろ？」

「それくらいですね。そう考えると、吉沼さんってしっかりしてますよねえ。自分で会社やってるし」

「比較対象がおまえのゆるゆるな兄貴じゃなあ……それじゃ、褒め言葉になってないって」

暗におまえの兄貴がだめなんだと仄《ほの》めかされて、庸平は苦笑した。

「でも、兄がだめな人間だって吉沼さんも知ってるでしょう」

「まあ、話を聞いてりゃわかるよ」

吉沼は小さく笑って、コーヒーの白いカップに手を伸ばした。

メニューを眺めて結局は無難なブレンドを選び、庸平は一応スマホを確認する。奏からのメールは来ていないので、無事に家を出たのだろう。

「まったく、おまえって普段はめちゃくちゃクールなのに、兄貴には完全に振り回されてるよな。昨日だって女の子二人を軽くあしらってたくせに」

「それとこれは別なんで」

そのあたりに関しては、庸平も忸怩《じくじ》たるものを抱えているのだ。

それから、打ち合わせに備えて眼鏡をかける。

「注文はお決まりでしょうか」

近づいてきた女性店員に目を向け、庸平は「コーヒー」と頼んだ。

「それよりも、クライアント……まだお見えじゃないんですか？」

「それが横須賀《よこすか》線が遅れてるからすぐには来られないってさ」

吉沼はまいったよ、と大袈裟《おおげさ》に両手を挙げて見せた。

「俺、三限が必修だから、十一時半にはここを出たいんですけど」

「学生は辛いねえ。就活のスタート時期も今年は遅いんだって？」

茶化されたせいで、庸平は「大人の都合ですよ」と肩を竦めた。

「こっちの仕事も徐々に軌道に乗ってきてるし、おまえ、学校やめちゃえば？　うちで正社員に雇うぜ」

「いや、仕事にできるほどスキルはないですから」

「そのあたりは育成次第で何とかなるからさあ」

残念ながら、その発言は信用できない。いわゆるＩＴ業界では技術者を育てる余裕などなく、育ちきった人間を雇いたいというのが現場の声だ。

事実、本来なら技術畑の吉沼が営業を兼ねているのだから、人員不足を露呈《ろてい》している。

「それに俺、志望はＩＴじゃないですし」

「じゃ、営業としてっていうのはどうだ？　今日だって営業みたいなものだし」

「そういうけど、営業を雇う余裕なんてあるんですか？　そもそも同伴させてるのがバイトってわかったら、先方……」

「浜下《はました》さん」

「そう、その、浜下さんも気を悪くするんじゃないですか？」

会ったこともない取り引き相手だったが、庸平が今手伝っている案件のクライアントだ。

庸平はそう言って眼鏡のブリッジを軽く押し上げる。もともと視力はあまりよくないのだが、コンタクトは体質上あまり合わない。奏はとても視力が悪いのだがコンタクトはまったく問題がなく、そういうところでも血のつながりがないのだなと思ってしまう。

「平気平気。そういうの関係ない業界だろ。それにおまえ、大学生には見えないしさ。実際に現場の人間がいたほうが話の通りも早いと思うし」

「……褒めてるんですか？」

「そう」

けろりと言ってのけた吉沼に、庸平は何と答えたものかと迷った。

正直にいえば、就職活動はそろそろ始めないとまずいと思う。だが、常日頃から接している奏の自由人ぶりや、大学教授である父ののほほんとした暮らしぶりを見ていると、そういう生き方もいいのではないかと思えてしまう。

とはいえ、奏にそれが可能なのは彼に才能があるからだ。庸平に同じ資質が備《そな》わっているかといえば、それはまた別の問題だ。

Ｗｅｂ制作やアプリ作成は面白いが、趣味の範囲でいい。事実、庸平はそこそこ器用であっても大がかりなシステム開発をするほどの能力はない。

もともとサイト作りやデザインには興味があって、小学生のときには無料サーバを借りて自分のページを作っていた。ブログやＳＮＳを使うだけでも面白かったが、庸平の興味は自分で何かを作ることに向かっていった。簡単なプログラミングならできるようになったし、サイト作りのほうはもっと簡単だった。庸平のスキルを知った担任から高校のホームページのリニューアルを任されて、他人の意向に合わせながらも自分の主張は通すという、ものづくりをする楽しさに目覚めた。

とはいえ、庸平の将来の目標はＩＴ業界ではなく、もっとリアルなものだ。経済を専攻していながらものづくりをしたいなんて矛盾しているが、そうした夢がある。それをどういう手段で実現させるかはわからないが、いきなり自分の目指すところへ飛び込むよりは、経験が必要なことだってわかっている。

　吉沼だって何だかんだと言いつつもそこそこの大手のゲーム会社に三年間勤め、そこで見切りをつけて地元の湘南で独り立ちしたのだ。

「このぶんだとだいぶ遅れそうだな。帰ってもいいぜ」

「でも、あと三十分くらいは平気ですよ」

　庸平は小さく笑うと、スマホの画面を眺める。休講情報などは入ってこないので、今日の授業に関しては予定どおりだろう。

　結局二人でカフェに陣取ったままそれぞれにノートパソコンを広げて作業の続きをしてみたものの、浜下は現れなかった。

「だめだなあ……電車、停まったまんまらしい」

　乗り換え案内をチェックしてみると、確かに、ここまで来るJRは停まっているという情報のままだ。

「それじゃ、俺も行けるかわかんないですね」

「バスで東海道線《とうかいどう》の駅に行ったほうがいいな。それかモノレール」

「結構かかりそうだな……、申し訳ないけどもう行きますね」

「うん」

さすがに今から都内にある大学のキャンパスに行くなら、迂回《うかい》するぶんぎりぎりだ。代金を払うために財布を出すと、吉沼は「いいよ」と笑った。

バイト代をもらっているのだから少し困るが、今月は厳しいので有り難く受け取っておく。

庸平の通う私立大学は日本でも有数のエリート校で、文系の学部であってもそれなりに学費も嵩《かさ》む。両親は奏のときも自分のときも学費に関しては気兼ねするなと言ってくれているからこそ、できる限り生活費は庸平自身が賄《まかな》いたいと思っていた。

とはいえ、たまに本を書いている父はそれなりに余裕のある暮らしぶりだったので、金銭的には不自由を覚えたつもりはない。ただ、他人に頼れないのは性格の問題だ。

人との関係は、親子であっても余分な情を挟《はさ》まなくて済むほうがいい。

けれども、奏と自分の関係はそれでは説明がつかないから厄介なのだった。

カフェのウインドウに映っている自分の姿は、奏とは似ているようで似ていない。長身に目は一重でかつ切れ長。猫のようにぱっちりとした目許《めもと》の奏とは、だいぶ違っている。

クールそうとは言われるけれど、奏のあれはクールとは違う。

不思議ちゃん、という少し前に流行った表現が一番しっくりくる。

掴《つか》みどころがなくて、ふわふわしていて何を考えているのかよくわからない。

兄弟として七年近くつき合ってきているのに、庸平にはさっぱり奏のことが把握《はあく》できなかった。

ただわかるのは、ものすごく気紛《きまぐ》れでふわふわしていて、猫みたいだということ。

そのうえ奏という猫は、庸平のところに帰ってくることさえ忘れているのだ。


五限まで終えて帰宅した庸平は、真っ暗な家を見てため息をつく。

案の定、奏は戻ってはいないはずだ。戻っていたとしても、このぶんなら寝ているだろう。

それくらいに家の中はしんとして静まり返っている。

もっとも、少し夢中になると電気を点《つ》けるのさえ忘れて仕事に打ち込む奏のことだから、暗がりで仕事をしている可能性も否定はできなかった。

ポストを開けて郵便と夕刊を回収しながら、玄関のドアを開けた。

すぐに警備システムが反応して警報を鳴らし始めたので、在宅モードに切り替える。

「ただいま。兄さん、いる？」

階上に向けて声をかけ、数秒反応を窺《うかが》ってみたものの、返事なし。

これは不在だろうとさっさと見切りをつけた。

ばさばさと新聞を玄関に置いた庸平はラバトリーで手を洗い、キッチンへ向かった。

タイマーをかけておいたおかげで、米の炊《た》けるいい匂いがあたりに立ち込めている。それに満足を覚えた庸平は、昨晩から用意しておいたカレーに火を入れた。

カレーがあたたまるまでのあいだに着替えを済ませ、雨戸を閉めて回る。野菜を洗ってサラダを作り、面倒くさがりな奏のためにドレッシングで和《あ》えておく。

完璧だ。

ちらりと時計を見ると、午後八時前。

仕方なく自室にスマホを取りに行くと、ランプが点滅している。

SNS経由で『遅くなる』という連絡が来ており、詳細を求めても既読マークすらつかず、自分勝手な義兄への苛立ちは募《つの》るばかりだ。

何かあったのか心配をすればいいのか、それとも、夕食の件を忘れているのか。

いずれにしたって、奏が戻ってこないことには食欲も半減しそうだったが、そんなわけにはいかない。

カレーを大盛りにした庸平は洗い上がりのランチョンマットを敷き、大きめの皿をどすんとカウンターに置いた。

「……旨《うま》い」

こんなときに限って、カレーは腹が立つくらいに上手くできていた。上品だが深みがあり、ただ辛いだけではない。野菜の溶け具合も口の中でほろっと溶ける牛肉のやわらかさも、すべてにおいて絶品だ。

我ながら出来がいいのが口惜《くや》しく、こういうときに連絡すらしてくれない奏の社会性のなさを恨《うら》めしく思う。

仕方なく食事を始めた庸平はカレーを一人で食べ終え、食洗機に食器を突っ込んでから、食後のコーヒーを淹《い》れる。

インスタントコーヒーで今のひりつく辛さを流してしまってから、バスルームへ向かった。髪を洗ってから、さてどうしたものかと考えていると、外から物音が聞こえてくる。奏が帰ってきたようだ。

玄関先へ向かうと、奏がちょうど靴を脱いでいるところだった。

「遅かったね。飯、あっためる？」

奏に対して怒っているつもりだったのに、彼の顔を見た瞬間にその決意は溶けていく。実際、奏はとても疲れた様子だったからだ。

「お腹空いてない。おやつもらったし」

「……おやつ？」

さすがにむっとして、自分の声がワントーン低くなる。

「新しい仕事に入ったところで、思ったより進みが悪かった」

「今日、カレー作っておくって言っただろ。昼、ちゃんと食べたわけ？」

庸平が苛立ちを露《あらわ》にしたので、奏はため息をついた。

「食べたよ。理央《りお》さんが作ってくれたから。おやつもくれたし」

「…………」

ぴくりと心のどこかに、その名前がぶつかる。

時々奏の口から出てくる名前なので根掘り葉掘り聞いたが、理央という女性のことは正体不明だった。

わかっているのは、奏が通っている海にほど近いシェアオフィスで食事を作ってくれるということくらいだ。

奏が懐《なつ》く女性がこの世の中にいるなんて、驚天動地《きょうてんどうち》の自体だ。これまでだってそこそこ仲のよい女性はいたけれど、下の名前で呼ぶことなんてなかったからだ。

だからこそ、理央の名前が出てくると心を掻《か》き乱される。

さん付けをしているから、年上の女性だろう。

――理央さんってどういう人？

――どうって……。

――兄さんと仲良くできるくらいだから、人懐っこいの？

――うん。背が高くて、いつも笑ってる。

くそ、と庸平は内心で舌打ちをする。

背が高くて人懐っこい女性。きっと爽《さわ》やかな笑顔で、ナチュラルメイクなんてしているんだろう。奏みたいな得体の知れないやつでさえも、包容力で何とかしてしまうに違いない。

それとも、憧れの人として遠くから見つめていたくなるような相手だとか？

それもあり得る。

どちらにしたって、奏にとって理央は特別なのだ。

庸平には絶対に太刀打《たちう》ちできない相手だと薄々予想はついていた。

確かに出来合いのものを食べられるよりは栄養的には安心だが、それにしたって、食欲がないほど大量のランチを作らなくてもいいじゃないか。

おまけに、理央の料理は美味しいと奏が常々褒めているのは知っている。

庸平がどんなに手の込んだものを作っても、美味しいなんて言わないくせに。

いずれにせよ、これ以上の会話は無意味だ。

奏に食欲がないのなら、カレーを出しておいても仕方がない。

後片づけしておくべきだろう。

舌打ちした庸平がキッチンへ向かったのを見て取ったらしく、奏は階段を上がっていく。

冷凍するとまずくなるじゃがいもだけを抜いてから、カレーを冷凍するためにジップロックに移した。

とりあえず、明日の奏の予定を聞いてから、夕飯の作り置きをするかどうか決めよう。

「兄さん」

ドアをノックしたが、やはり、返答はない。

仕方なく開けると、ヘッドフォンをした奏がパソコンに向かっていた。

「……なに？」

Tシャツに着替えたせいか、薄い肢体がよけいに目立つ。

「明日の夕飯、どうする？」

「わかんない」

想像どおりの返答だった。

「わからないじゃ困るんだよ。俺だって、食事当番することで食費入れるの免除されてるんだから」

「庸平は学生だろ。学生の本分は勉強だ」

「……わかってる」

でも、自分が奏の面倒を見たいのだ。

そういうのは、理屈ではどうにもならない部分だった。

「ノックは？」

「したよ」

「閉めてるときは、入るなよ」

「いつも閉めてるくせに」

「………」

奏はいらっとした様子で顔を上げ、庸平を見据えた。

本当に、むかつくほどに整った顔をしている。

可愛いと思ってしまったほうが、負けている。奏のよくわからない魅力に酔わされ、騙《だま》されているのは、いつだって自分のほうだ。

——今も。

咄嗟《とっさ》に奏の腕を摑むと、彼ははっとしたように身を震わせた。

「……なに？」

「来て」

「嫌だ」

「知ってる。でも、俺は嫌じゃない」

理屈にならない妙な理論で押し切り、庸平は奏を強引にベッドに組み敷いた。

「おまえ……物好きなんだよ」

「そうか？　兄さんは可愛いよ」

むっとした顔つきで反論しようと思ったようだが、首に吸いつかれて奏は小さく呻《うめ》いた。

これは凌辱《りょうじょく》と言えるのだろうか。

初めてのときから、奏が自分を拒《こば》んだことは一度もない。

わざと音を立ててキスをしながら、Tシャツをたくし上げてその透き通るみたいに仄白《ほのじろ》い膚をなぞる。

鼻面を寄せて嗅《か》いでみても、汗の匂い一つしない。

「アッ……あ…っ……あふ…」

なのに、愛撫しているうちに、奏の声が、とろりと甘くなった。

いつもはつんとしていて可愛げなんて欠片《かけら》もないくせに、ベッドの中ではそのガードが途端に緩くなる。

奏の抱えるギャップを知っているのは自分だけではなく、むしろ、これまでつき合ってきた連中も皆同じだろう。

それが悔しい。

これまで奏が何人とつき合ってきたかなんて、庸平は知らない。

尻軽――とまではいかないが、奏がこれまでにつき合ってきた相手の数は多いはずだ。

こうして庸平と寝ているのだって、彼にしてみればよくある行動なのだろう。

つまり、性欲を解消するためのセフレ関係。

それを受け容れたのは弟からというインモラルさが気に入ったのか、手近で済ませることが楽だからか、そのあたりのことはわからない。

なのに今、奏が抵抗する風情《ふぜい》を見せたことが庸平を苛立たせた。

そちらがその気なら、いい。

庸平だって奏を黙らせる程度のテクニックくらい、とっくに覚えている。

「ん……」

服地越しに性器のあたりを軽く押してやると、効果はてきめんだった。下着越しであってもそうされるとびくんと躰が震えてしまうようで、それきり、総身からくたくたと力が抜けていくのがわかる。

「相変わらず」

くっと笑ってしまうと、さすがの奏も頰を赤らめた。

「文句があるのか」

「ないよ。感じやすいのは美徳じゃない？」

「どこが」

「少なくとも不感症よりはいい」

パンツを剝ぎ取るのだって、相手の協力がなければ難しい。つまり、奏だっていくぶんその気になってるってことだ。

剝《む》き出しになったペニスを撫《な》でてやると、奏の額にはじっとりと汗が滲《にじ》んでいく。もっと強く愛撫してやることもできたが、そこまで親切じゃない。

欲しがらない限りは、乗ってやるつもりはなかった。

それくらい強気に出たって罰《ばち》は当たらないだろう。

「ふ…う…」

奏はシーツを摑んで堪《こら》えていたようだが、とうとう、「庸平」と掠れた声を上げた。

「なに」

「触るなら、さっさとしろ……しないなら、やめろ」

「やめてどうするの？　自分でするわけ？」

着衣一つ乱していない庸平にせせら笑われて、奏はむっとした顔になった。けれども、そのまま躰の位置をずらした庸平が、いきなり下肢に顔を近づけたのでぎょっとしたらしい。

「な……に……」

「しゃぶってあげるよ」

「意外と変態だな」

萎《な》えることなく躰を昂《たかぶ》らせているくせに、奏は堂々と言い放った。

「は？」

「僕に平気でこういうことができるなんて…」

誰でも平気なわけがない。それが平気に見えるのであれば、相手が奏だからだ。

こうして触れたくなるのも、キスしたくなるのも、躰を重ねてみたくなるのも。

要するに、彼のことが好きだから。

そんなシンプルな事実を奏に伝えるつもりは、毛頭ない。

言ったところで、奏のような情緒のないタイプにそれが理解できるとは到底思えなかった。

「いいだろ。兄さんだって同じようなもんじゃん」

露悪的に言い放った庸平は奏の下肢に顔を近づけ、そのままペニスに唇を寄せた。震えて先走りに濡れているあたり、奏も立派な変態だし好き者だと思う。それを言ってまで侮辱《ぶじょく》してやるつもりは、金輪際《こんりんざい》ないけれど。

「……や」

先走りを吸うようにして尖端《せんたん》にキスしてから、舌先でゆっくりと亀頭を転がした。円を描くようにねっとりと舌を這《は》わせたあとは、今度は周りの幹にキスをして。

長いあいだ培《つちか》ってきた二人の関係で、どんなふうにすると奏が落ちるかはわかっている。

事実、こうされると、もう抵抗できないはずだ。

「ん、やだ……いや、やだ……」

奏は中途半端に衣服を緩めてベッドに身を投げ出し、譫言《うわごと》のようにそう繰り返す。実際には額に汗を滲ませ、唇を戦慄《わなな》かせ、彼が感じていることを如実に示していた。

「感じまくってるくせに?」

冷たい口振りになってしまったが、それも仕方ないだろう。

自分だけが熱くなるのは、すごく、悔しい。

「…こん、なの…だって……」

「兄さんはおかしいよ」

涙目になった奏に睨《にら》まれたものの、庸平は特に何の感慨も覚えなかった。そもそも奏はやだと言いつつ、結局は庸平の口腔《こうこう》にどろりとしたものを注《そそ》いだ。

普段は嫌がらないくせに、どうして今日に限って抵抗するのだろう。

やはり、理央のせいなのか？

片想いなんだろうか。それとも、両思い？　ワンコインランチなんて嘘で、奏だけに料理を振る舞っている可能性は？

十二分にあり得る。

だから、疑心暗鬼《ぎしんあんき》になってしまう。

「挿《い》れるから」

「…勝手にしたら」

もう、奏は抵抗しないつもりのようだった。

奏が脱力したのをいいことに、庸平は彼をベッドに這わせる。

「腰、上げて」

「…………」

素直に命令に従った奏の尻の狭間《はざま》に指を押し当て、ゆっくりとこじ開けた。

「う…っくう……」

奏の唇から苦しげな声が漏《も》れ、その事実に庸平はぞくっとした。普段は強気で何を考えているかわからない奏が、今、何を思っているかわかる。

苦しんでる。

自分のせいで、痛みを感じている。

だったら、いくら奏であっても今くらい庸平の気持ちがわかるはずだ。

この瞬間、彼を欲しいと思っている。望んでいる。その躰を貪《むさぼ》り尽くしたいという欲望に駆《か》られているということくらい。

「本番にして、いい?」

「いちいち、言うな……」

掠れた声で言った奏の背後で膝立ちになり、庸平は指を引き抜き、代わりに十分にいきり立ったそれをゆっくりと奏に沈めた。

熱い……。

普段はクールそのもので何を考えているかまったくわからないくせに、奏の中は溶けかけたチーズみたいに熱くて。

もっと、味わいたくなる――もっと。

「兄さん」

奏にとってそれは、どういう行為に当たるのだろう?

「ん、んっ……っく……」

自分にとっては愛ゆえの営《いとな》みだけれど、奏にとっては……?

「ふ、ぅ……うう……」

「痛い?」

「いたくない……」

「じゃ、気持ちいい……?」

「……ッ」

気持ちいいとは言わない奏の強情さが、今はとても可愛く感じられる。

「いいよね、少しくらい」

「おまえは?」

「いいよ、すごく…兄さんの中、熱くて……」

切れ切れに囁《ささや》いているうちに臨界点に達し、庸平は奏の中に欲望を爆発させていた。

肩で息をしながらつながっていたところを解き、脱力した庸平は奏の躰の上にのしかかる。

こういうときだけ、珍しく、奏からは汗の匂いがした。いつもは体温なんてなさそうな奏から、そういうなまなましさを感じるとどきりとする。

抱き締めるようにして奏に寄り添っていると、鬱陶《うっとう》しそうに彼が身動《みじろ》ぎをして、庸平の体温を追いやった。

「…重い」

「悪かった」

のろのろと躰を起こした奏の顔は、平素と同じでたいした表情は浮かんでいない。

何も変わらない。

何をしたって、何もしなくたって、奏には変化がない。

だったら、抱いたっていいだろう？

そう考えかけたタイミングで、きゅるる、と奏の腹が鳴った。

「何か食べる？」

「うん」

奏がさも当然のように頷いた。

「カレーは冷凍したけど、何か用意しようか」

「ご飯があれば、それで」

淡々とした素っ気ない物言いだった。

考えても仕方のない問題が、脳裏に過《よ》ぎる。

「……なあ」

「なに」

「俺のこと、どう思ってる？」

我ながら自虐《じぎゃく》的だと思ってしまうが、聞かずにはいられない。

「弟」

「え？」

想像していたよりも、ずっと深刻な言葉だった。

単純すぎて、誤解のしようがない。

「弟」

……それってどういうことだ？

「兄さんは家族とこういうことするわけ？」

混乱した末に、つい、庸平はけんか腰になってしまう。

「結論からいえば、してるだろう」

奏の言い分は正しい。

だが、意味は正しかったとしても、それが社会的に正しいとは限らない。

いや何が正しくて何が正しくないのか、庸平にはよくわからなかった。

「鞄の中」

「え？」

出し抜けにまったく関係のないことを言われて、庸平はつい聞き返した。

「パンフ、入ってる。おまえに……」

眠たげな顔つきで奏がそう言ったので、庸平は勝手に布製のバッグに手を突っ込んでそれを探った。

スマホや財布と手帖のほかに入っていたのは、Ａ４サイズの薄いパンフレットだ。ご丁寧《ていねい》に硬いプラスチックのケースに入れられており、折れないように奏なりに気を遣ってもらってきたようだ。

『古都の仏像たち』と題されたそれは、来月から始まるという寺をいくつか跨《また》いだ企画展の紹介だった。

そういえばこういう催《もよお》しをやるとは知っていたが、忙しくてその後の情報は追いかけていなかった。

庸平は寺社仏閣《じしゃぶっかく》を訪れるのが趣味で、中でも仏像を見るのが好きだった。朱印《しゅいん》を集めるほどの熱意はないが、仏像を眺めていると気持ちが落ち着く。

仏像を見るのが好きだと話したことはあっただろうか。

事実、庸平は趣味で仏像アプリを開発してしまうほどの仏像好きだが、それを奏に伝えたことはない。

よく覚えていないが、テレビで仏像特集をやっているときなど、熱心に観ていたかもしれなかった。

……夕食を食べなかったのを、少しは悪いと思っていたのかもしれない。

駅ででも見つけてこれをもらってきてくれたのだろうと思うと、少しばかり気持ちが和《なご》む。

たいした手間をかけたわけでもないお土産《みやげ》に絆《ほだ》されるとは、自分もまだまだ甘い。

そう考えながら、庸平は奏の髪をくしゃりと撫でる。しんなりと濡れた髪はまるで絹糸みたいにやわらかいが、奏は目を閉じたままぴくりとも動かなかった。

兄弟だけど、兄弟になれない。

自分が彼のことを兄だなんて思えない以上は。

3

中学二年生の多感な時期。

庸平には、唐突に家族が二人増えた。

それまで父子家庭だったところに、まさに一夜にして、母と兄ができたのだ。

顔合わせの結果は上々だったらしく晃一はとても上機嫌で幸せそうだったし、何度か倫子と会って、彼女が素敵な女性だと強く思うようになった。

だから、晃一の再婚には賛成した。

長年一緒に暮らしてきた父を誰かに取られてしまうなんていう不安も不満もなく、むしろ、もらってくれるならのしをつけてプレゼントしたい。そんな冗談めかしたことを考えるくらいに、庸平の心も日々浮き立っていた。

そわそわしていつも落ち着かなくて、彼らが引っ越してくる日を指折り数えたりもした。

それと同時に、何だか居心地の悪さも感じていた。

あのとき、奏を可愛いと思った自分を覚えていたからだ。

一度だけでなく、嚙《か》み締めるように三回も可愛いと実感してしまった。そんな自分の反応がおかしすぎて、庸平はひどく戸惑っていた。

おまけに、あれ以来何度も奏のことを夢に見た。

白い膚とコントラストを放つ黒い目。ほっそりとした顎《あご》。整った小さな顔。

クラスメイトで、学校一の美少女と誉《ほま》れ高い委員長を見ていたってそんな気分にはならなかった。むしろ、あれで可愛いってたかが知れてるよな……と冷めた気持ちになりもした。

だからつい数日前、彼女に告白されても「ごめん」で流してしまったのだ。

こうしてどきどきしながら奏と倫子を待ち受けていたのに、倫子はともかく奏の反応はあっさりしたものだった。

そわそわしている様子もなければ、苛立ちも見せない。庸平以上にクールだった。

こんなことで落ち着かない自分がガキっぽく見えるのだろうかと思うと、嬉しさを表に出しづらくなる。

そんな気持ちを閉じ込めて奏とようやく平常心で接することができるようになった頃、一つの事件が起きた。

近所の公立中学校から帰宅した庸平は、玄関先で奏と行き合った。

「ただいま」

「お帰り」

再婚に伴《ともな》って庸平の家に引っ越してきた奏は、高校までの通学にだいぶ時間がかかるようになった。路線的に電車の遅延も多いし湘南から都内に通うのは大変だと思っていたが、奏は気にしないようだ。

共働きの両親はまだ帰宅しておらず、たいていは学校は多少遠くとも帰宅部の奏のほうが先に到着する。

なのに、今日の奏はどこかに寄り道したようだ。

「……兄さん、どうしたの……顔」

つい声を上擦らせてしまったのは、奏の白い頬が真っ赤になっていたからだ。びっくりするほどそれは目立ち、玄関の薄暗がりでもよくわかるほどだった。

「ぶつけた？」

いくら奏がぼーっとしているといっても、頬をここまで派手にぶつけたりはしないだろう。場所的にも、普通に生活していてぶつけるほうがおかしい。

そんなふうに考えなしの発言に苦笑しつつも尋ねると、意外な返事があった。

「ぶたれた」

「誰に⁉」

誰かが、奏に触れた。この端整な顔を殴りつけたのだ。そんなことをできる野蛮なやつがこの世にいるのか。そう思うと、腸が煮えくりかえるような苛立ちを覚えた。

「えっ」

「誰に殴られたんだよ⁉」

あまりに勢い込んで庸平が尋ねたので、奏は一瞬、眉を寄せて後退った。

しまった。

「あ、いや……誰か知ってる人に殴られたの？」

「ぶたれただけだ」

殴られたというほどではない、と主張したいらしい。

それから奏が革靴を脱いで家に上がったので、慌てて庸平もそれに従った。

うがいと手洗いをした奏がそのまま二階の自室に向かおうとしたのを見て、庸平は「冷やさないの？」と声をかける。

「冷やす？」

「そうだよ」

「べつに、放っておいても一緒だと思う」

「そうだけど、腫《は》れたままっていうのはよくないよ」

「何で」

「兄さんの顔、綺麗だから……目立つよ」

「…………」

言いながら奏に濡らしたタオルを差し出すと、彼が一瞬ぴくっと反応を示した。

――しまった。

めちゃくちゃ失言だった。

可愛いとか綺麗とか、そういうことを口にすると奏に対して特殊な感情を抱いていると気づかれてしまいそうで、言わないように己を律していたのに。

慣れと動揺がミックスされたせいで、うっかり、気持ちが緩んだ。

「ご、ごめん……今の、馬鹿にしたりとか侮辱したりとかじゃなくて」

「そういうの、言っていいんだ」

「は？」

意味のわからない反応だった。

「言ったら、ぶたれた」

「どういう意味？　もしかして、告白された相手に不細工《ぶさいく》とか言っちゃったわけ？」

「そうじゃない」

奏は面倒くさそうにため息をつき、それから、庸平をじっと見つめた。間近で見る奏の目はくろぐろとしていて、いつだったか、校外実習で目にした八ヶ岳《やつがたけ》の星空のようだった。

「庸平のほうがかっこいいと言ったんだ」

「俺？」

「うん」

そんなことで相手を殴るような、そんな凶暴な女子が身の回りにいるとは。

家に女性がいないぶんだけ、庸平は女という生き物に少し夢を持っていたのかもしれない。女性はか弱くて守るものだという偏見があったので、奏の言い分が信じられなかった。

「どうせつき合うなら見た目がいいほうがいいだろって。面倒になって、君の話をした」

「ちょっと待って、話全然見えないんだけど……相手、男？」

「うん」

「共学なのに？」

思わず突っ込んでみたところ、奏は小さく首を傾《かし》げた。そうすると彼のさらさらの髪が揺れて、光の軌跡を描くようだった。

「そういうのは共学とか男子校とかで変わるものなのか？」

「いや……ちょっとわからない」

言われてみれば、共学の公立中学に通う庸平だって奏のことを可愛くてたまらないと思っているのだから、そういうのは関係ない気がする。

それよりも、奏が自分のことをかっこいいと思ってくれているとは想定外だった。

何だかそれだけで、にやけてしまいそうになる。

庸平は表情を引き締めてキッチンへ向かうと、冷凍庫から保冷剤を取り出す。それから、二階の奏の部屋へ向かった。

「兄さん、いい？」

「なに？」

ドアを開けた奏はまだ着替えずに、ベッドに腰を下ろして庸平の言うとおりに頬を冷やしていた。

「これ、あるほうが効くと思うから」

「……うん」

奏は頷いてタオルに保冷剤を包み、それから真っ直ぐに庸平を見つめた。

「──あのさ……俺も兄さんのこと可愛いって言っちゃったけど、外見のこととかは人に言わないほうがいいと思う」

「どうして？」

「がっかりするよ。誰も相手と同じ人間にはなれないから」

「どういう、意味？　僕はべつに、おまえになりたいわけじゃない」

「それは俺だって兄さんになりたいわけじゃないよ」

何とか兄の間違いを指摘しようと、庸平は懸命に言葉を探す。

「上手く言えないけど、誰かと比較したら相手のプライドを傷つける。そういうことはしちゃいけないんだ」

「よくわからない。——でも、興味がなかった。どうでもいい相手と関わるのは、時間の無駄だ」

唇に指を当てて考えながら答える奏は、嘘をついているわけではないようだ。

「そういう振り方がさあ……」

呆れてしまった庸平は深々と息を吐き出した。

もともと独立自尊の精神をよしとして育った庸平は、他人の面倒を見るという文字は辞書に書かれていない。

だからこそ、奏の事情に深入りするのはどうだろうかと躊躇《ためら》ってしまう。

けれども、年上のくせに人一倍不器用そうな奏を放っておけば、これ以上のトラブルに巻き込まれるのは目に見えていた。

「俺は兄さんのそういうところ、いいと思うよ。つき合いは浅いけど、兄さんの長所だって理解してるつもりだ。でも、何でもありのままに話しちゃったら相手を傷つけるかもしれない。それだとトラブルばっかになるし、面倒くさいよ」

「…………」

「だから、気をつけたほうがいい」

「わかった」

本当にわかっているのか、わかっていないのか。

「もっとマイルドに相手と接しないと、同じトラブルって何度も起きると思うんだ」

念のため、だめ押ししておくことにした。

「マイルド?」

「人当たりよくっていうこと。とにかく俺は、今日みたいに、兄さんの顔……傷つけられるの、俺は嫌だよ。せっかく綺麗なんだから」

自分が兄に対して過剰な思い入れがあるのを気づかれたくない一心で、庸平は奏の顔を気に入ってるという設定を押し出すことにした。

「庸平は、綺麗なものが好きなのか?」

「え、うん」

そういう一般論に落とし込まれるといくぶん気楽になり、庸平は生真面目な顔を作って頷いた。

「そうか……」

奏は合点《がてん》がいったような表情で、いきなり立ち上がって整頓された書棚から一冊の本を取り出した。

「これは?」

突飛《とっぴ》な行動に戸惑い、庸平は眉をひそめた。

「綺麗なものが、たくさん載ってる」

「……ありがとう」

奏が見せてくれたのは、『美しいブックデザイン』というタイトルの装丁《そうてい》の本だった。庸平はデザインには正直興味がなかったものの、奏がこういう本を好きなのだと思うと親近感が湧いた。

何よりも、彼が庸平に関心を持っていると示してくれたのが嬉しかった。繰り返し読んだであろう本には、すっかり開き癖がついてしまっている。よほど愛読しているものを自分に貸してくれるのかと思うと、それだけで喜びが倍加した。

「兄さんはどういうのが好きなの？」

「綺麗な本。ジャンルは何でも好きだ。あと、本は匂いがいい」

「わかるよ」

庸平が素直に認めると、奏は「おまえも？」と目を丸くした。

「うん。本屋の匂いとか最高に好きだ」

「そっか……」

照れているのか奏は目を伏せて、少し嬉しげに唇を綻ばせる。

……うわ。

ほんのりと花が開くような控《ひか》えめな表情に、庸平の心はぶるっと震えた。

単純すぎるが、まさに一発で心臓がいかれてしまいそうだ。ばくばくと心臓が震えて、押し潰されてしまう錯覚を感じるくらいに苦しい。

「か、借りていいの？」

声が上擦る。

「うん」

こくりと頷いた奏はふと保冷剤を持っていた手を下ろし、自分の頬をそっとさする。

その頬はまだ赤みが強く、相当ひどく殴られたようだった。

「まだ痛い？」

「口の中が切れた」

「そういえば、どこでぶたれたの？　学校とかだと問題になるんじゃない？」

「駅だよ」

地元の駅の名前を出され、今の楽しかった思いがあっという間に不安定に揺らいだ。

あんな人通りの多いところで殴られるなんて、美しい外見も相まってさぞや目立っただろう。

そのことにさえ、奏は頓着していないのだ。

「もしかして、相手の家ってこの辺なわけ？」

「隣だと思うけど、路線同じだから……」

「……面倒だな」

庸平はそこで舌打ちをする。

「下手に顔合わせたら、危なくないか？　クラスは？」

「去年は一緒だったけど今は違うから、あまり接点はない」

「じゃあ、駅が心配だな」

庸平は唸《うな》って、それからぽんと手を叩いた。

「それなら、しばらく俺も一緒に駅まで行き帰りするよ」

「何で」

「何でって……振られたことを根に持って、兄さんをつけ回したりとかされたら困るだろ。もっと殴られるかもしれないし」

「……困る？」

奏が首を傾げると、さらりとその髪が揺れる。

「当たり前だ」

大事な家族に何かあったら困る、という意味で庸平は力強く言ってのけた。

「そう……わかった。じゃあ、明日から一緒に来て」

「うん」

自分はおかしい。

今、すごく綺麗な笑顔を見せられたから？

面倒見はよくないどころか、むしろ悪いほうなのに、どうしてなのか、奏のことは助けなくちゃいけない気がする。

何より、その大きな目でじっと見つめられると胸がどきどきしてしまう。

自分の躰のどこかが、おかしくなったのかもしれない。

「庸平は頭がいいんだな」

「え？」

「誰も、今までに教えてくれなかった。そんな大事なこと」

「…………」

奏はひどく素直に呟き、それから大きく頷いた。

本当は、何でもずけずけと言い合って腹を割れるような関係の友人を作るほうがいいに決まっている。

でも、そうは言えなかった。

ちょっと風変わりな兄。

その本質を知っているのは自分だけでいいなんて……そんな気持ちになってしまったからだ。

本当の奏を知っているのは自分だけでいいなんていう、意味のない独占欲もある。

——独占欲？

ぞくっとした。

どうして、だろう。

この不穏な気持ち。うずうずするような、つらいような、苦しいような……。それでいて心がふわふわと浮き立ってくる。

この綺麗な猫みたいな義理の兄のことは、大事だと思う。好きだと思う。大切にしたい。

生まれて初めて、あんなふうに雷に打たれたみたいに可愛いと思ってしまった人だから。


それからおおむね問題なく日々は過ぎ去り、奏は都内の美大に進学した。通学は大変そうだったが、一人暮らしをするよりは自宅がよかったらしい。

庸平の注意を聞き入れたせいか、奏の他人に対する態度は変わった。

マイルドになったというより、口数が極端に減ったのだ。

確かにおしゃべりなほうではなかったが、庸平との会話も徐々に減っていった。

もしかしたら自分の感情を気取られたのだろうかとひやりとしたものの、それだったら家を出ていきそうなものだ。

つまり、奏は大人になったのだろう。

高校二年生の冬。

テスト期間中でいつもより早く帰宅した庸平は、玄関にある見慣れないスニーカーに気づいた。

奏のものかと思ったが、サイズが全然違う。それに、色味が奏の趣味ではないような気がする。

どちらかといえば薄汚れているし、かかとを潰して履いた痕跡《こんせき》があった。

奏が家に誰かを招くなんて、正直言って珍しい。もともと奏は人見知りが激しいほうで、あまり他人と馴れ合ったりしない。

だから友人もできづらいし、それでいて本人はそれをつゆほども気にしていないようなところがあった。

庸平もマイペースだが、奏はその遥《はる》かに上をいく。いつも自分の世界に閉じこもっているような奏が誰かを家に上げるなんて、それがひどく意外だった。

「ん……ふ…」

階段を上がってすぐのところが、奏の部屋になっている。そのドアの向こうから何か声が聞こえてきて、庸平はつい足を止める。

そこまで薄いドアではなかったが、通気用にわずかに隙間があるのだ。

「もう、よせって……」

じゃれつく相手を牽制《けんせい》するような、そんな声。

気怠《けだる》いそれは、奏のものだ。

「べつに、いいだろ。誰も帰らないって言ったくせに」

「……でも、もう……疲れた」

彼らが何をしているのか、すぐに庸平にはわかった。

「せっかくここまで来たんだからさ」

「海が見たいって言ったのはそっちだ」

息を詰めてその場に立ち尽くす庸平の躰には、じっとりと嫌な汗が滲んできている。

心臓が震えて、そのまま動悸《どうき》がする。

どうしよう。

どうしよう、どうしよう……。

「いやだ！」

奏が強く拒む声と、揉《も》み合うような音が聞こえてくる。

正直、迷った。

奏が嫌がってるなら助けてやりたいが、大きなお世話という可能性もある。

それを聞き分けようとしての行為であるものの、だからっていって、こんなところで立ち聞きしててもいいのだろうか。

「うるせえよ」

「――……ッ」

途端に奏の声がくぐもり、庸平ははっとした。

男の荒い息遣い。

どうしよう。

何かが奏の身に起きたのかもしれない。

奏はいつもフラットな態度をしているけれど、そのじつ、どこか危なっかしい。

だからこそ、自分のしているのが差し出がましいことだとわかりつつも、それでも心配で、庸平は奏の部屋のドアを開けていた。

「兄さん」

最低の、タイミングだった。

奏は見知らぬ男に背後からのしかかられ、まさに挿入されている真っ最中だったのだ。

「あれ、弟くん？」

筋肉質の背中を向けていた男が振り返り、にっと笑う。無精髭《ぶしょうひげ》――といいつつもおそらく計算し尽くした風貌の彼は、随分《ずいぶん》楽しげだった。

「お帰り、庸平」

全裸の奏は頬を火照らせ、汗にまみれつつも庸平を見つめている。

性的な要素を見せつけられ、心臓が跳ね上がる。

それだけで躰の奥が熱くなるようだ。

疼《うず》く。

「あ……の……」

「なに？」

「あ……ただいま」

それだけを言うあいだに、庸平の喉《のど》はからからになってしまっていた。

何が何だかわからないけれども、それでも、昂奮して頭がふらふらしているのがわかる。

「――取り込み中なんだ。外してくれないか」

男がそう言ったので、庸平は渋々引き下がる。

間の悪いことに自室は奏の部屋のすぐ隣だ。そこでは彼らの声が聞こえてきそうなので、
庸平はリビングのソファに身を投げ出す。

堪《こら》えきれなくなってトイレへ向かうと、庸平は衣服を緩める。そして、自分の服の狭間からそれを取り出した。

惨めなほどに、自分の肉体は熱く火照っていた。

マスターベーションに耽《ふけ》るあいだ、頭の中にちらついていたのは奏の上気した頬。

潤《うる》んだ目。

綺麗だった。

綺麗というか、可愛いというか、どうしようもなく魅力的な生き物に見えて。

自分は、おかしい――。

おかしいということだけが、よくわかっている。

一時間ほど経ってから、頭上で誰かの足音が聞こえてきた。

試験勉強もできずにうつらうつらしていた庸平は、そこで目を開ける。

「お邪魔しました」

庸平に向かって呼びかけているらしい。仕方なく玄関へ向かうと、男が立っていた。

「よう」

お邪魔しましたと言うときはそれなりに丁寧語だったくせに、いきなりぞんざいな態度に早変わりしているところが腹立たしい。

まるで彼氏気取り……というか、奏とああいう関係だったのだし、彼氏なのだろう。

男でもいいなんて初耳で、そのことにも庸平は衝撃を受けていた。

まじまじと相手を眺めると、彼は「なに」と苦笑する。

子供の頃、大学生というのはとても大人だと思っていた。

でも、こうして見ると相手の背恰好は庸平とあまり変わらないように見える。

「いえ、兄が友達を家に連れてきたのは初めてなので」

棘《とげ》のある調子で友達と言ったのに、相手はまったく怯《ひる》まなかった。

「へえ、じゃ、俺、記念すべき第一号なのか」

どこか小馬鹿にしたような口調だった。

外見からいえば、男の趣味は、そんなに悪くない。

とはいえがっしりとした体躯にいかにもワイルドそうな容貌は、庸平と正反対だ。

庸平だってもう少し躰を鍛《きた》えれば、あれくらいの筋肉はつくだろう。

無意識のうちに彼と自分を比べているのに気づき、庸平ははっとする。

「試験前なんだってな。邪魔してすみませんでした」

丁寧語と普通の物言いが入り混じるあたり、相手も庸平をどう扱ったものかと困っているのだろう。

「いえ」

邪魔してむかついたとか、そういうことを口にできるほどの度胸《どきょう》は庸平にもない。

そんな庸平の複雑な胸の内を見透かしたように、男は小さく笑った。

「あんたの兄貴さ」

「はい」

「たいしたやつだよな」

たいしたやつという言葉になにかさげすみが混じっている気がして、庸平は眉をひそめる。

「外面はいいんだけどな。つき合い始めたら、あいつがよくわからなくなった」

自分なんかに恋愛相談をされても困ると思ったが、男はよほど思い悩んでいるらしい。外面がいいというのは語弊《ごへい》があるものの、他人との接し方に庸平が注意をしたことはあるから、それなりにこなしているのだろう。

「傍《はた》から見れば常識的なのに、自分のことになると全然だめ。困った不思議ちゃんだよ」

不思議ちゃんというのは言い得て妙だったが、この男に賛同するのもむかついてしまう。

自分でも心が狭いと、思う。

奏のことを誰かが手に入れるのを許せない。

「俺のことだって好きでつき合っているのか、怪《あや》しいもんだよ」

「……ええ」

そこだけつい、本音が漏れた。

考えてみれば、奏が自分自身の好悪の感情を語ることを聞いたことがない。

たとえば彼はベーコンが苦手なのだが、食事でたまにそれが出ても文句は言わない。けれども、苦手な食材はひたすら手を出さないで済ませて、相手が気づくのを待つような姿勢を見せることが多かった。

察してほしいと思うのは奏の勝手だが、それを周囲が許してしまうのは、結局、彼が一目置かれているせいかもしれない。

結局、奏は天然記念物みたいに希少《きしょう》な存在だから、つい——可愛いと思ってしまう。

「じゃ、お邪魔しました」

男はそこで強引に話を打ち切った。

奏が今どうしているのだろうと思ったけれど、二階に上がる勇気はない。

あの不思議な生き物が、自分にはひどく可愛いのだ。

どうしようもなく。

彼が誰か美しい女性とくっついて、家族でも作ってくれれば問題がない。庸平の気の迷いは晴れるはずだ。

……なのに。

奏が男とつき合っているのを知ったときから、庸平のスイッチはおかしなところで入ってしまった。

自分の兄が同性愛者で、庸平とだって寝られる可能性に気づいてしまったときから。

血のつながりというタブーがないことが、庸平にとって不幸でもあり幸運でもあった。

4

「………」


ノートにおおまかに要点を書きつけているうちに、ようやく少し気分が乗ってきた。

今日中に下書きを終えて、明日には推敲《すいこう》。もう一度見直す時間はある。

これで課題のレポートが終わりそうだと気持ちが緩みかけたときに、思い出したくもないどうしようもないことが脳裏に甦《よみがえ》ってしまった。

よりによって、あの男。

庸平の心を掻き乱すような衝撃を与えたくせに、奏がさっさと別れたあの髭面の男との情事シーンだ。

彼がいたから、自分と奏の関係は進展したとも停滞したともいえる。

……何を考えているんだ。試験も近いし、今はレポートに集中しないと。

唐突に記憶が甦ったのは、どうしてだったのか。

何かヒントになるものがあったろうかと考えてあたりを見回した庸平は、書架のあいだから顔を出した学生に気づいた。

――ああ、そうか。

あのスニーカーだ。

下を向いているときに、彼のスニーカーが視界に入ってしまい、マドレーヌを食べて何かを思い出すようにそこから記憶が誘発されたのだろう。

黒字にラインが入ったごくありふれたスニーカー。

そんなものがトラウマになってしまうなんて、おそらく、あのメーカーのスニーカーは一生買えないだろう。

ぞっとしない話だ。

だが、笑い話ではない。もしかしたら庸平は、一生この記憶に支配され続けるのかもしれない。

どこかに克服《こくふく》の糸口があるのか、ないのか、それすらもわからないままで。

「庸平くん」

誰かに声をかけられた気がするが、庸平は半ば上の空だった。

「庸平くんってば」

「へ？」

同じゼミに入って幹事などを引き受けてくれている、友紀《ゆき》だった。

「あ、ごめん、どうかした？」

ぼんやりしていたことをかたちばかり謝ると、彼女はにこりと笑った。

「レポート？」

「うん、江戸の経済学ってやつ」

「うわ、あんなえぐいのよく取ったね。ほかに取ってる人いる？」

「いない。でも、面白いよ」

そもそも専門科目っていうのは自分のために選ぶものだ。人に言われて受講したって何の意味もないと思っている。

「意外とお年寄りっぽい趣味だよね」

感心したように言われて、庸平は反応に困って苦い笑いを浮かべる。

「あ、そういえば、ランキング見たよ」

「ランキングって何だっけ」

会話がぽんぽんと飛んで、ついていくのに苦労してしまう。

「アプリだよ。庸平くんの作った、仏像解説アプリ」

「ああ」

彼女がそれをチェックしていると思わなかったので、庸平は意外に思いつつも笑みを作った。

「さくっと作ったわりにコアな人気があるんだ。意外だよ」

アプリ自体の値段は百円なのでユーザーが何千人にもなったところでたいした収益になるわけではないが、ダウンロード数が上がると注目度が増える。そういうコンテンツを持っていることは、たとえば就活などで将来的に何かしら有利になるのではないかとの思惑があった。

「便利だってユーザーレビューに書いてあったよ」

庸平の作ったアプリは仏像の名前や種類からその見方のポイントを説明するものだ。将来的にはGPS情報と連動させて、地図上に近くの寺とその仏像を表示するアプリの開発を考えているが、そこまでいくと個人でできるものでもない。

仮に仏像が撮影可能になれば、たとえ名前がわからなくてもそこから逆引きできるのだが、美術品としての仏像は光に弱いためにたいていが撮影は許可されていない。

これが刀剣や甲冑《かっちゅう》のような撮影可能なものであれば、類似《るいじ》検索はできるのかもしれない。

だが、刀剣の場合はそこまでの解説の必要もなさそうだ。

「でもさくっと作ったなら何か間違いとかあるんじゃない？」

「監修は文学部の大川《おおかわ》教授に頼んだから大丈夫だと思う。クレジットも入ってるよ」

「あ、そうなの？　気がつかなかった」

「般教で大川先生の授業、受けたから」

庸平がさらりと答えると、「さすがコミュ力高いねえ」と感心したように言われた。

大川教授は監修の礼はいらないと固辞《こじ》したので、庸平は夏の暑い日に研究室の引っ越しを手伝った。アプリの稼ぎ出す金額を考えると、もしかしたら、そのときの手間賃のほうが高かったかもしれない。

「どうやってこのアプリ思いついたの？」

「どうって、たまたま。もともと仏像を見るのは好きだったから」

「仏教徒なの？」

「そうじゃない。ただ……わかりやすいところが好きだ」

「わかりやすい……？」

不思議そうに友紀は首を傾げているものの、それを説明するのは面倒だ。

仏像には決まった様式があるので、ある程度のことは見たままの情報から読み取れる。たとえば、服装を見ればそれが菩薩《ぼさつ》なのか如来《にょらい》なのかはほぼわかる。それに加えて薬壺《やっこ》を持っているのがたいていは薬師《やくし》如来だというのは、見当がつく。

「わかりやすいのかあ……ふうん……」

何だか腑《ふ》に落ちない様子で、彼女は頷いた。

「またアプリ作るの？」

「うーん……ちょっと考えてない」

庸平の気のない返事を聞いて、友紀は「そっか」と残念そうな顔になった。

「美術系のアプリなら手伝いたいって友達がいたんだよね」

「特にその気はないんだ。バイトもあるし、学祭の研究発表だってあるだろ」

美術系ということなら、文学部だろうか。そういえば友紀が折に触れてサークル仲間を連れてきたことを思い出し、庸平は何となく合点がいった。

「今なら、下で本探してるんだけど、呼んでみる？　何か面白い話ができるかも」

彼女がスマホを手に取ったので、庸平は首を横に振った。

「いや、いいよ」

「そう……？」

「うん、このレポート仕上げちゃいたいから」

「ごめんなさい、邪魔して」

そこで友紀が身を翻《ひるがえ》したので、庸平はぼんやりと彼女の背中を見送った。

たとえば、友紀みたいにちょっとうざいけどよく気のつく女の子を恋人にできたら、どんなに楽だっただろう。

たじろぐくらいに好意をストレートに示してくれる彼女が相手ならば、庸平だって下手に思い悩まずに済むはずだ。

でも、生憎《あいにく》庸平が好きなのは意味がわからなくて口数も感情の起伏も少ない奏その人なのだ。

どこが好きかと言われたら困るけれど、自分の心理をひとつひとつ解析することは可能だ。

最初は顔に惚れた。

次に好きになったところは……なんだっけ。

何か劇的なきっかけがあったわけじゃない。ただ、一日一日彼と日々を過ごすごとに、庸平は奏に惹かれていった。

今だって、そうだ。

どうやって離れればいいのかわからない。奏は手がかかるし、それに、彼に関しては、何よりも放っておけないのが庸平の性分だ。

でも、こうするのも大学生のあいだだけだと決めている。

自分だっていつかは奏から離れなくてはいけない。いつまでもこのままではいられない。

そもそも奏の中で自分が特別ではない以上、進展の望めない関係だ。

今よりみっともない人間にならないためにも、スマートに諦める。

そもそも、勢いに任せてセックスなんてしたのが運の尽きだった。

奏はあのとおりに不思議ちゃんだし、誰かとつき合ったところで長続きしない。そのため、奏が二度目（正確にはもっといたのかもしれないが、少なくとも庸平は関知していない）につき合っていた相手と別れたときに、ほかの男とのトラブルに巻き込まれた。

刃傷沙汰《にんじょうざた》になりかけてさすがに我慢が限界に達していた庸平は、「誰でもいいなら俺でもいいだろ」と言って受験のストレスもあり、つい奏に詰め寄ってしまった。

はっきりと覚えている。

あのときの破滅的なやり取りを。

激昂する庸平をちらりと見やり、奏は静かに答えた。

——誰でもいいわけじゃない。

そう、確かに彼はそう言ったんだ。

「じゃあ、彼氏なわけ？」

「つき合ってはいない」

「ならセフレだろ。兄さん、性欲とか薄そうな顔してんのに、それでもセフレとか必要なわけ」

「…………」

奏は一瞬、ちらりと悲しげな視線を自分に向けた。

もちろん、悲しげというのは庸平の勝手な解釈だ。

実際には奏がどう思っているのか、真相は藪《やぶ》の中だった。

「いちゃいけないわけ？」

「いけないっていうか……不潔だろ、そういうの」

「おまえだって、いつか、わかる」

「わかんねーよ」

常になく乱暴な口調になったせいか、奏がびくっと震えた。

奏の薄い肩を摑み、庸平は憎々しげに言い放った。

「わかんねえよ。俺には兄さんのことなんて、ちっともわかんない」

「……わかってもらおうとは思わない」

はっきりと拒絶された。

好きな人間がいる庸平には、ほかの誰かでいいなんて理屈はわからない。

ずっとずっと奏に片想いしている身の上では。

だから。

だから、手を伸ばすだけだ。

たとえ、それが間違っていても。

「じゃあ、俺にもさせろよ」

「何を？」

「セックス」

奏は驚いたようにその目を瞠《みは》り、それから「うん」と頷いた。

思えば、あの頃からかもしれない。

ますます奏という人間を見失ってしまい、庸平は不安に陥《おちい》った。

触れても、触れても、奏が遠い。

何を考えているのかわからない。

奏との会話が減ったのも、そういえば、彼と寝るようになった頃からだ。

あれから、三年。

二人の関係は未だに続いており、甘さなんて欠片もなく惰性《だせい》レベルにまで落ちている。

早く諦めなくてはいけないと足掻《あが》いているのは庸平だけで、奏は何も考えていない。だからこそ、なかなか普通の兄弟には戻れない。

未練がましく奏を手放せない。

合コンで初恋の人を忘れられないなんて言ってしまう自分だけれど、それは感慨も何もなく、ただ庸平の心を冷やすばかりだった。


そうしているうちに前期試験が終わり、夏休みになった。

「……ええと」

駅を通りがかった庸平は、ふと思い出してこのあいだ奏がもらってきてくれた仏像展のチラシを探してみた。だが、種類ごとにチラシをまとめたスタンドにそれらしいものはなかった。ポスターは辛うじて見つけたものの、チラシはどこにも見つからない。そんなに人目を惹くようなものなのだろうかと思いつつ、庸平は駅舎から出てスーパーマーケットへ向かう。

週に一度、日曜日に買い出しに行くようにはしているが、その原則を守れるとは限らない。

ネットスーパーよりは自分の目で選びたいので、足りなくなればこうして買い物に向かう。

家の近所にもスーパーはあるものの、鮮度的にも品揃え的にも駅前のこの店のほうが庸平は好きだった。

肉、野菜。フルーツ。

最近の奏が少し疲れていた顔をしていたから、食が進みそうなものがいい。となると、やはり蕎麦《そば》とか饂飩《うどん》とかでさっぱりめがいいだろう。カロリーが足りなくなりそうなのは、天ぷらを揚げて追加。さくっと揚げれば美味しいし、脂《あぶら》っこさも気にならないはずだ。

レジが少ないスーパーは長蛇の列で、この時間帯に来てしまったことを呪いつつも、庸平はやっとの思いで買い物を済ませた。重い荷物に四苦八苦しつつ自転車置き場へ向かおうとして、ふと、コーヒーショップのテラス席に奏がいるのに気づいた。奏は真剣な顔で、スマホを見つめている。

声をかけるべきか、無視するべきか。

考えた末に、庸平は「兄さん」と声をかけた。

「！」

びくっと奏が震え、それから、庸平を視界に入れて目を丸くする。そんなに驚かなくたっていいじゃないか。

そう思うくらいの、顕著《けんちょ》な反応だった。

「な、なに」

「なにって……見つけて無視するのもおかしいだろ」

「そう？」

奏は落ち着かなそうな素振りでそわそわとテーブルの上を気にしている。

「もしかして俺を見つけたときも無視してる？」

「……うん」

冗談のつもりで軽く尋ねてみたところ、奏はあっさりと首を縦に振った。

「何で」

「何でって……邪魔されたくなさそうな顔、してるし」

「人のせいにしなくていいよ」

庸平の目前でさりげなくテーブルの上を片づけ始めた奏は、微かに頰を赤らめている。

「ごめん、仕事の邪魔するつもりはなかったんだ」

「べつに、仕事じゃないから」

「え？」

プライベートでここにいたなら、デートの待ち合わせとか？

その言葉が意外でテーブルの上に載っていたパソコンに視線を向け、それから、奏が隠そうとしていた本に目を留める。

『初歩の仏像ムック』『仏像のすすめ』——庸平がとっくに通り過ぎてしまったような入門書のたぐいを読んでいたらしい。

「兄さん、仏像に興味あるの？」

「興味っていうか……」

ごにょ、と奏が言葉を濁《にご》した。

奏と自分のあいだに共通点ができたのが嬉しくて、つい、庸平は勢い込んでしまう。

「いろいろ教えようか。京都《きょうと》や奈良《なら》ほどじゃないけど、結構見応えのある仏像とか多いよ」

カフェテリアの境目に一応柵があるとはいえ、店の中と外だ。自分も何か頼んだほうがいいかなと思ったときに、奏はつんとそっぽを向いた。

「いい」

きっぱりと断《ことわ》られて庸平は落胆を覚えたものの、奏がかなり気まずそうな顔をしているので深追いはできなかった。

「そっか、残念」

沈黙。

奏は俯《うつむ》いているが、ほっぺたどころかその耳まで赤いのが夕陽のせいか何なのかはわからない。

小さく窄《すぼ》められた肩のラインがひどく頼りなさそうに見えて、何だかいつまでも視界に入れていたくなってしまう。

でも、そろそろ立ち去らなくては。

「あ……えっとさ、今日、兄さんの好きなもの作るから早く帰っておいでよ」

「もう、そんな時間か」

奏は珍しく素直に頷き、「一緒に帰る」と言って腰を浮かせた。

「いいの？　待ち合わせは？」

「オフィスで会議があって、うるさいからこっちに来た。それ、重そうだし」

奏は庸平の荷物に視線を向けた。

「でも俺、自転車なんだけど」

「いいよ、バスで帰るから。バス停で待ってる」

「うん」

せっかく奏と一緒に帰れるチャンスなのだから、自転車でなければよかったと後悔せざるを得なかった。

とはいえ、奏はいつも庸平が自転車で駅まで出ていることを知っているのに、一緒に帰ろうなんてどういう風の吹き回しだろう。

「料理当番、しようか」

おまけに奏がそう言い出したので、庸平は愕然《がくぜん》とした。

「な…なに、言ってんの……？」

「就活も始まるし、忙しくなるだろ。僕、仕事場が近いし」

いきなりの発言に、奏は料理なんてできただろうかと訝った。

どうやら、奏はこの話を切り出したくて庸平を誘ったらしい。

「料理、できんの？」

「うん。それに、理央さんに教えてもらえそうだから」

理央という名前を出されて、じわりと胸が疼いた。

庸平を口実にしているだけじゃないか、そんなの。本当にデリカシーがない……。

「……いいよ。兄さんは不器用だし。無理されるとかえってストレス、溜まる」

「ストレス……？」

不服なのか、奏の声がワントーン沈む。

「そ。だから、べつに気にしなくていい」

「わかった。でも、おまえの負担になるなら教えてくれ」

「そうする」

奏に自分の作るものを食べてほしい。奏に必要とされたい。奏にとって役に立つ人間でありたい。

それをひとつひとつ口にすれば、奏が怯《おび》えてしまうのは目に見えている。

でも、だからといって理央の名前を聞きたいわけじゃなかった。

自分の気持ちを浮上させるためにも、庸平は別の言葉を選ぶ。

「何だか、昔以来だな」

「昔?」

「前はよく、こうして一緒に家まで行き帰りしてただろ」

「……ああ」

奏はちょっとだけ困ったような顔になる。

「おまえがボディガードしてくれていたんだっけ。懐かしいな」

「今でもしてあげられるよ」

「必要ないよ。もう、子供じゃない」

「そう…って、まだ数年前だろう。そう簡単には変わらないよ」

おかしそうな顔をした奏が、ふっと口許《くちもと》を押さえる。動いた手が視界の端で動き、まるで白い鳥のように見えた。

地面に落ちた影は少しずつ長くなっていて、季節と時間の移ろいを感じさせる。

「おまえはいろいろ教えてくれたっけ……」

独白のように呟いた奏が髪を掻き上げ、「苦労するな」と真顔で告げた。

何が、と突っ込もうとして庸平は躊躇う。

こんな口うるさい弟を持って、という意味だったら立ち直れそうになかった。手のかかる兄だと自覚しているのならばいいが、奏が弟離れしてしまったらと思うとそれはそれで悲しい。あるいは、主語が逆かもしれない。

少し黙りこくってから、奏は突然「明日、暇？」と切り出した。

「明日？」

「うん」

奏から誘いかけてくるのは珍しかったが、だいたいの理由は察している。

「映画」

「夕方からなら、いいよ」

同居していること以外では、奏と庸平の接点はほとんどない。従って、奏が時々自分を映画に誘うことが、珍しく二人で行動をする機会だといえた。

奏の都合だけで誘われるとはいえ、一応は庸平の関心のあるジャンルの映画も多いし、さほど問題を感じたことはない。レポートやバイトで時間がないときは断ることも希《まれ》にあったが、奏は「そう」と言って首を傾げておしまいだ。

「次はなに？」

庸平に問われて、奏は宇宙ものの洋画のタイトルを挙げる。公開して二週間ほどになるそれはかなり人気があるという認識で、庸平も興味があった。家のテレビでちまちま見るよりも、音響設備のいい大きなスクリーンで観たくなるような評判だった。

「それ、俺も観たかったんだ」

「知ってる」

「え？」

「好きそうだって思った」

「そっか」

奏が自分の好きなものを何となくわかってくれている。それだけでにやけてしまう自分がいて、我ながら単純なものだと苦笑した。


庸平が奏と映画を観るようになった理由は、簡単だ。

奏が映画館でたまに痴漢に遭うのを知ったからだ。座席指定のあるシネコンに行けば安心だろうと思ったが、奏が行く時間帯は空いているらしく、勝手に席を移動してきて隣に陣取るものもいるらしい。

そうそうに痴漢なんて遭わないだろうと思っていたけれど、それでも、心のどこかで怯えつつ映画を観にいくのは楽しみきれなくて気の毒だと思っていた。

だから、自分が一緒に行くと立候補したのだ。

我ながら下心が見え透いていて、単純で、くだらない。

趣味も年齢も離れている兄との共通点が欲しい。あわよくばデートしたい。

中学生になってからできた兄なんて、一緒に行動することはほとんどなかったからだ。

なのにそんな下心をまったく理解していない奏は、単に庸平のそれをボディガードの延長と捉えているのだ。

ビルの中にある映画館の前でスマホを取り出した庸平は、時間を確認する。

誘ってきたのは奏のほうなのに、姿がない。

……まったく。

早めに来て、予約したチケットを発券しておいてよかった。

舌打ちしながらもう一度スマホの画面を確認すると、「庸平」と細い声で奏が呼んだ。

「待った？」

ぎりぎりにやって来た奏は、いつもと変わらないファッションだった。

ヘッドフォンをしているが、何を聞いているのかはわからない。部屋でクラシックのＣＤを見かけたこともあるから、意外とそちらが好きなのかもしれなかった。

「だいぶ」

だいぶと言っても十五分くらいだが、授業が終わってから電車に飛び乗った立場としては、少しくらい文句を言いたかった。

「ごめん。チケットは？」

「買ってあるよ」

「そうなんだ」

奏は拍子抜けしたような顔になった。

「ポップコーンは？　塩バターでいいの？」

「うん」

こくりと頷いた奏に、庸平はさっと映画のチケットを渡した。奏の好みはコーラだったので、自分はアイスの烏龍茶《ウーロン》にする。ポップコーンのペアセットを買うと、奏は退屈そうな顔でスマホを眺めていた。

「お待たせ」

「うん」

自分は弟を待たせたくせに、庸平のことを待ってやっていたと言わんばかりの態度だ。

でも、それはそれでいい。

「入る？」

「……うん」

奏が一瞬緊張したように表情を強張らせたのを、庸平は見逃さなかった。昔のことを、こうして時折思い出してしまうのかもしれなかった。

シネコンのスクリーンでは既に予告編が始まっているが、フロアはまだ明るい。奏の席は後方の通路側。念のため、何かあってもすぐに出ていけるような場所を選んだ。

「楽しい？」

「え？」

「俺と映画観るの」

「映画の面白さは誰と観ても変わらないと思うけど？」

「そうかな。終わったあとに何か感想とか言ったりするだろ。そういうとき、あまりにも趣味の合わない相手と会話すると苛々しない？」

何も言わずにすとんと座席に腰を下ろした奏が取りやすいように、ポップコーンのカップを心持ち、彼のほうに寄せてやる。

「そうか……僕、庸平としか映画は観たことがない」

「……そうなの？」

「うん」

無造作《むぞうさ》に与えられた、特別の証《あかし》。そんなもので胸がきゅんとしてしまうのだから、ものすごく重症だ。奏の天然ぶりには頭が下がる。

塩味のポップコーンを少しずつつまみながらも、奏の視線はスクリーンに向けられている。映画に集中し始めた兄の綺麗な横顔を眺めつつ、庸平は自分が得も言われぬ充足感に包まれていることに気づいていた。

二時間の映画は何度もひねりがあり、庸平はあっという間に引き込まれた。それは奏も同じで、傍らに座った彼は瞬きも忘れた様子で画面を食い入るように見つめている。

映画が終わったあと、シネコンの半券割引があったので同じビルの中のカフェに入ることにした。

「どうだった?」

奏に問いかけると、余韻に浸りつつ紅茶を飲んでいた彼は顔を上げる。

「ん?」

「映画だよ、今観たやつ」

「面白かった」

淡々と答えつつ、奏はパンケーキを無心に頬張っていく。

薄いパンケーキの上に生クリームとフルーツ、それから粉砂糖を盛りつけたデザートは奏の好物だ。

庸平もつられて無難そうなチョコレートパンケーキを頼んでみたものの、ちっとも無難ではなく、むしろチョコレートと生クリームのダブルの甘さにやられて胃がもたれそうだった。

これを平気で食べられる奏は、かなり訓練されている。

「食べないの?」

奏が尋ねたので、庸平は「喰うよ」と慌てて首を振る。

彼が少し残念そうな顔になったので、何だか笑いたい気分になった。

自分のパンケーキをナイフで一口サイズより少し大きめに切り分け、「はい」と差し出した。

「ん」

奏が目を伏せて顔を近づけ、庸平のフォークからパンケーキを食する。

そのごく自然な動作に、微かに胸が痛んだ。

「美味しいな。こっちにすればよかった」

ちょっと残念そうな
「取り替える？」

「いや、これで十分。夕飯が食べられなくなるし」

一応、夕飯のことは計算に入っているのか。

それが意外でじっと見つめていると、小さく笑った奏は、少し恥ずかしげな様子で目を伏せた。

——可愛い。

こういうときだけ素直になるなんて、反則だ……。

いや、奏のことはいつも可愛いと思っているのだけれど、今日のこれはまさにスペシャルなとっておきの可愛らしさだ。

あまりの可愛さに胸が疼いてきて、どうしようもなくなる。

好きなんだ、と思うのはこういう瞬間だ。

わりとどうでもいい会話をしていたり、テレビをぼんやりと見ていたり、そういうときに胸がざわめく瞬間がある。

奏にはそんなときは、ないのだろうか。

奏は今、どんな相手とつき合っているんだろう。

そう考えると、胸が詰まった。

息が止まりそうになる。

5

「もう、出かけるの？」

意外そうに奏《かなで》に問われて、玄関で靴を履《は》いていた庸平《ようへい》は「うん」と答える。

奏が玄関まで見送りに来ることは、めったにない。

もしかしたら何か用事でもあるのだろうか。

「学校？」

「夏休みだよ。バイトの前に、ちょっと調べもの」

いつもより一時間ほど早く家を出た庸平は、今日は地元の寺を回るつもりだった。

要は、気分転換だ。

例の仏像アプリが好評で、アップデートしたいという気持ちもある。それから、寺社を回りつつ仏像とリンクさせるようなアプリを作れないかと思ったのだ。

「…………」

奏が何か言いたそうな顔をしているものの、すぐに視線を落とす。

「ごめん、じゃ、俺、行くから」

「……行ってらっしゃい」

見送りなんて、相当珍《めずら》しいけれどどうしたのだろうか。

気になりはしたものの、また明日あたりからバイトが忙しくなると吉沼《よしぬま》にも予告されているので、今日のうちに寺巡りをしておかないとプライベートに割ける時間がなくなってしまう。

一つ目の寺は大仏のおかげでかなりメジャーなのに、早い時間のせいかあまり参拝《さんぱい》者が多くない気がした。

長くこの街に住んでいるが、そんなことは珍しい。快晴の日は、たいてい朝から観光客が動き回っているからだ。

しかし、そんな考えは駅に到着して自転車を停めたときから間違っていたのだと訂正する羽目《はめ》になった。

人の流れが、想像以上に多い。

先ほど大仏を見に行ったときに人が少ないと思ったが、観光客の多くは神社へ向かう流れになっているようだ。

仏像を見たいので神社に関してはノーチェックだった。

とりあえず、何があるのか行ってみることにしよう。

もしかしたら、最近このあたりを舞台にした映画のロケをやっているみたいだから、俳優目当ての人が多いとか？

そんなことをつらつら考えつつ歩いていた庸平は、参道を歩く人の多さに少し圧倒されてしまう。人の多いところが苦手な奏であれば、きっと寄りつきもしないだろう。

おまけに、この陽射しだ。

快晴なのは嬉しいが、遮《さえぎ》るような高層建築がないので、必然的に暑さが身に染《し》みる。

目を細めつつ、人波でごった返す短い横断歩道を渡る。

大きな鳥居《とりい》の前に掲示された『流鏑馬神事《やぶさめしんじ》』の文字に、ようやく、今日はここで神事があるから混み合っているのだと気づいた。

普段は休日にやるものなのだが、今回は平日になってしまったらしい。

これでは仏像アプリを考えるどころではなく、さっさと退散しないと移動のための電車もバスも混み合いそうだ。

眉を顰《しか》めた庸平が踵《きびす》を返そうとしたところで、ちょうど真後ろからやって来た長身の青年とぶつかりそうになった。

「すみません」

そう言って三の鳥居に向かおうとしたとき、「あれ」と男が頓狂《とんきょう》な声を上げた。

ぶつかっていないのに、何でこんな声を出すんだろう。

たちの悪いやつに絡《から》まれるのかもしれないと思って迷ったものの、庸平はつい足を止めてしまう。

知り合いやバイトで関わった相手だったら、無視するほうが問題だったからだ。

顔を上げた庸平は、相手の人懐《なつ》っこそうな笑顔にすぐさま見覚えがないと判断した。

こんな整《ととの》った顔の相手を忘れるほうが難しい。

「君」

おまけににこりと笑われてしまうと、一瞬にして警戒のレベルを下げざるを得ない。

いけないと思っているのに、ほぼ反射的に行われてしまった。

「……はい」

「もしかして、このあいだ『湘南会議《しょうなん》』に来てなかった？」

「え？」

彼の言う『湘南会議』とは地元の商工会議所の若手メンバーが中心になって立ち上げた組織のことで、地域活性化のためのさまざまな議題を取り上げている。商工会議所だけあってそれは事業の話題がメインだが、そこから事業化された案件もあってなかなかの活況《かっきょう》だ。

毎回百人ほどが出席する定例会に庸平も引っ張っていかれたのだが、場の雰囲気とか熱すぎる情景は庸平のあまり得意とするものではなく、斜《しゃ》に構えて眺めていた。

「一度、出席しました」

「やっぱり。なんか若いイケメンがいるって思って印象的だったんだ。俺、野瀬《のせ》です」

イケメンって自分も十二分に男前じゃないかと、庸平は少ししらけた気分になった。

「弓場《ゆみば》です」

庸平はそう言って、この野瀬という人物がなぜ話しかけてきたのだろうと考える。

「弓場？」

彼はわずかに眉根を寄せた。

「わりと珍しい苗字《みょうじ》みたいで、ユニバとかと間違えられます」

相手が自分に声をかけてきた理由はわかったものの、話を続けようとしているのは謎だ。

「そうじゃなくて、もしかして、奏くんのご家族？」

「え」

こんなところで、奏を知っている相手に出会うとは思ってもみなかった。

不安と緊張で、胸が苦しくなる。

かなりの男前で、なおかつ奏を知っていて、下の名前で呼んでいる。

つまり、野瀬というこの好青年は奏とものすごく親しい間柄ということではないか……。

もしかしたら、新しい彼氏って、この人なのか？

絶対負けてる。

包容力とか優しさとか、人懐っこさとか、庸平にないものを何もかも持っているみたいで。

「あ、その、弟です」

「弟さんいるって聞いてたけど、あんまり似てないね。それにしても、美形兄弟って言われない？」

「両親が再婚して、義理なんです」

「なるほど」

奏はそういった家庭環境を、彼に説明してはいないのだろうか。

ということは、彼氏というほど立ち入った関係ではない……？

彼が奏にとってどんな存在なのかをもう少し知りたくなり、庸平はさりげなく道の脇《わき》に避けた。

野瀬は特に疑問も抱いていないらしく、「今日は、流鏑馬を見に？」と尋ねた。

庸平に品定めされているとも気づかずに、じつに屈託《くったく》がない。

「いえ、適当に散歩っていうか……境内《けいだい》を歩き回りたかったけど、すごい人で」

「確かにね。池のそばなら空いていると思うけど……まあ、この辺はお寺も神社も多いから、わざわざ混んでいるところにいる必要はないか」

「ええ。——あの」

滔々《とうとう》と話し続ける野瀬のペースに巻き込まれないように気をつけつつ、庸平は慎重に口を開いた。

「ん？」

「兄とはどういうお知り合いなんですか？」

「あ、もしかして、聞いてない？」

どきりとする。

「すみません」

オブラートにくるんだ答えで、確答を避《さ》ける。

「奏くんって、肝心《かんじん》なことは話さないもんね」

「はあ」

奏が自分以外の人間の前でどう振る舞っているのか、庸平には興味があった。

「シェアオフィスのみんながからかうのもよくないのかもしれないね。奏くん、ツンデレだから」

「ツンデレ？」

「ツンデレって言葉、知らない？」

「いえ、知ってますけど……あの、確かに取っつきにくいタイプだとは思いますけど、デレるっていうほど人懐っこくないというか……」

デレるなんて言葉は動詞としては間違っている気がしているけれど、この際は置いておく。

「そう？　可愛いところ、いっぱいあるよ」

彼はにこりと笑った。

「人に頼まれるとなかなか断れないところとか、意外と面倒見がいいところとか」

「面倒見……？」

自分が言語の解釈能力をなくしたのではないだろうかと思うほど、相手の言ってることは意味不明だ。

「……あ、それより、野瀬さんはシェアオフィスも一緒だったんですか」

「やっぱり聞いてないんだ」

彼はおかしげに腹を抱えて笑うと、ポケットから財布を取り出す。財布の中から出てきた名刺には、四文字が書かれていた。

「野瀬理央《りお》です」

「りお……じゃあ、あなたが、理央さん？」

「あれ、奏くんから聞いてる？」

「料理上手の理央さんがいるってことは」

本当にこれが、奏のいう『理央さん』なのか？

女性らしさの欠片《かけら》もない。いや、むしろ骨格だってしっかりしていて、どこからどう見ても男性そのものだ。

「そう、理央。女の子みたいな名前だけど、これは親が間違えてつけちゃって」

「四文字、ですね」

「え、そこに反応するの？」

ショックのあまり、そう言うほかなかったのだ。

そうか……これが、理央なのか。

奏がしょっちゅう口にする人。

だから、どういう人物なのか途轍《とてつ》もなく気になっていた。

年上で人懐っこくて、優しく面倒見のいい人。

料理も上手くて、奏をデレさせることができる。料理だって気前よく教えてくれるであろうことは、鮮《あざ》やかな笑顔を見ればわかる。それくらいに奏のことを可愛がっているのだろう。トータルしてものすごく男前。性格もよさそう。こんな相手を選ぶなんて、奏にしては目が高いとしか言い様がない。

おまけに同性なんて、奏の恋愛対象のど真ん中じゃないか。

これは惚れる。奏じゃなくたって惚れるだろう。

奏の恋愛観を聞いたことはないものの、これまでつき合ってきた相手がすべて男性なのだから、異性には関心がないと思っていいだろう。

――まさに、非の打ち所がない。

こんな相手がそばにいれば、奏だって心を許すに決まっていた。

ツンデレということは、彼の前では庸平に見せない甘いところも披露するのか。

……ずるい。

「聞いてます。理…野瀬さんのことは、うちでもよく話すので」

奏の恋人としては、理想的な相手じゃないか。

こんなに善良そうな相手を奏が好むのは意外でもあり、そして、眩《まぶ》しくもあった。

「ほんと？　嬉しいな」

理央はにこにこと笑った。

「シェアオフィスのメンバーで固有名詞出てくるの、野瀬さんくらいですよ」

我ながらこんな情報を与えてどうするんだと、思う。

「そっか。奏くん、おとなしいもんね」

彼は自分が理央に対して敵愾心《てきがいしん》を抱いてると知らないからこそ、こんなふうに人懐っこく振る舞えるのだ。

いや、この物腰のやわらかさだ。

仮に庸平の複雑な胸の内に気づいていたところで、きっと優しく笑うのだろう。

負けてる、完全に。

そもそも勝てる要素がどこにあるんだろうか。

理央と暮らしてきた七年近い月日――それだけだ。

理央と寝た回数や時間には、何の意味もない。

自分には敵《かな》わない。

奏のことを諦《あきら》める以外に、道はないのだ。

「ここで待ってたら？　奏くんも来るよ」

「兄が？」

「そう。うちのオフィスのメンバー、結構こういう行事が好きでさ。昨日から流鏑馬見に行こうって話が出ていたんだ。俺は偵察《ていさつ》班」

奏がそんなアクティブに行事に参加するとは、信じられない。

むしろ、暑いから嫌だと拒《こば》まれそうなのに。

「いえ、そろそろ帰ります。次のところに行きたいし」

「残念。……あ、そうだ。今度、市の体育館でバスケやるんだ。君も来ない？」

「バスケ？　俺が？」

市の体育館については覚えがある。中学生のときは卓球台を借りてよく遊んだりしたものだ。

「うん、大会があるから練習中。君、背も高いし即戦力になりそうだ」

「やめておきます」

そんなところで奏の楽しそうな姿を見れば、激しくへこみそうだ。自分の前でさえも楽しそうな顔をしないのに、仲間たちの前ではどんな表情をするんだろう？

「大会があるから即戦力募集中なんだ」

「いえ……やめておきます。兄の生活には立ち入らないようにしているんで」

「そう、残念だな」

誘ってはみたものの、執着はしていない。

その適度な距離感に感心しつつも、庸平は理央に辞去の言葉を述べた。


……結局、一日、悶々《もんもん》としてしまった。

理央がどんな人か知りたかったけれど、知ったら知ったで絶望しかない。

自転車を漕《こ》いで坂道を上がっていくと、「あ」という声が聞こえた。

急いで振り返ると、奏がいた。

考えごとをしていたせいで、奏に気づかなかったのだ。

「……兄さん」

「ん」

奏はヘッドフォンをしたまま微《かす》かに頭を振る。だが、彼が聴いている音楽のボリュームをダウンさせるなり一時停止なりしたことは、その手の動きで何となくわかった。

呼び止めようとせずに、庸平が通過するに任せているあたりは奏らしかった。

いろいろ聞きたいことは、ある。

だが、聞けない。

それだけの勇気がなかった。

「腹、減ってる？」

代わりに、この状況では極《きわ》めてどうでもいいことを問う。

「うん」

何でもないことのように頷《うなず》く奏は、少し疲れたような顔をしている。

流鏑馬で人混みに揉《も》まれれば、いくらなんでも疲れるだろう。あの時間帯に行けば立ち見は必須だし、奏の身長では背伸びしたって見えるかどうか怪《あや》しいものだ。

「——今日さ、八幡《はちまん》様で、あの人に会ったよ」

「誰」

「理央さん」

暗がりでもそうとわかるほどの、変化。

つまり奏は、真っ赤になったのだ。

まるで試験管の薬品に別の試薬を落としたときのように、ぱあっと変わる様は化学変化みたいだ。

「…………」

奏が黙り込んでしまったので、どういうふうに会話をつなげるべきなのか、庸平にとっては悩ましい事態となった。

そうしているうちに、奏が不意に口を開いた。

「――何か、言ってた？」

「何かって？」

「……僕のこと」

「特に、言ってないよ」

つき合っている相手にどうこう言われたくはないのだろう。

それは、わかる。わかるからこそ、奏の狼狽《ろうばい》ぶりが疎《うと》ましかった。

そんなに慌《あわ》てるなんて、初めてじゃないのか。

彼はどんな顔で、理央の前に立つんだろう？

「知り合いだったの？」

「いや、そうじゃなくて……前に湘南会議で会ったんだ」

「……ああ」

奏が少しばかり肩の力を抜いたのがわかり、庸平としては面白くないものを感じた。

だが、あえて口にはしなかった。

理央だったら、許せるだろうか。

自分でない相手と奏がつき合っても、奏がその相手を一番にしたとしても。


「うっそ……まだあんのか……」

何一つ解決しないまま、日々はただ無情に過ぎていく。

結局、アプリのアップデートに手を着けることはできなかった。

吉沼に頼まれた急ぎの仕事とやらは、庸平や社員三人が少し頑張ったくらいでは終わるようなものでもなかった。

これは週末を全部使い切るくらいじゃないと、終わらない。

納品前のデバッグに一週間は欲しいと言われているので、どうあっても週明けには渡さなくてはいけない。

根《こん》を詰《つ》める作業中に脳裏をちらついて庸平を邪魔するのは、理央のあの笑顔だった。

庸平にとって、理央はよく知らない大人だ。だから、彼が信用に値《あたい》するかどうかはまだわからない。

もう少し、理央を知るべきではなかっただろうか。

こうなると、彼からのバスケの誘いを断《ことわ》ったことが少し惜《お》しく感じられた。だが、バスケなんてやる心の余裕はなかったし、シェアオフィスのほかの住人のことを知るのも何だか気が引けた。

食事の支度《したく》をしなくてはいけないのはわかっていたが、その気になれないほどに庸平は切羽《せっぱ》詰まっていた。

奏のこと、理央のこと、バイトのこと、学校生活、アプリ、就活。

考えることがありすぎる。

なのにこの躰《からだ》も頭も一つしかないから、それぞれに割《さ》けるリソースが極端に少ないのだ。

突然、がたりと玄関で物音がする。

「！」

しまった。ぼーっとしているあいだに、奏が帰ってきてしまったのだ。

食事の用意は、未だに全然できていなかった。

これから用意するとしたら、炒飯《チャーハン》と中華スープとサラダくらいしかできそうにない。作り置きの浅漬けがあったから、それを付け合わせにして。

めまぐるしく計算しながら冷蔵庫を覗《のぞ》き込んでいると、背後に人の気配がした。

「……ただいま」

「お帰り」

面倒くさそうに髪を掻《か》き上げる仕種《しぐさ》に、疲れているようだと直感する。

事実、奏の動きはどこか緩慢《かんまん》で明らかに表情は精彩を欠いていた。

「具合、悪いのか？」

「え？」

「灯り、ついてなかった」

庸平がこういう思いをしてぐるぐるしてしまっているのは、奏のせいだ。

そう言いたかった。

わかっている、自分が悪いことくらい。

勝手に好きになっておいて、ひどい責任転嫁《てんか》だ……。

情けない。

「兄さん、何か……」

食べるかどうか聞こうとした庸平は、そこで硬直する。

「ん？」

奏が少し心配そうに庸平の顔を覗き込んできたのだ。

そのとき、ふわりと匂いがした。

——知らない、匂い。

「匂いが」

「え？」

奏は不審げに細い眉を顰め、自分の二の腕のあたりをくんと嗅《か》ぐ。

「何か、違う？」

「シャンプー。うちのじゃないね」

どちらかといえば安っぽい、ありふれた匂いだ。家では無香料でオーガニックのものを選んでいるので、奏からそんな安物の香りがするのは許し難《がた》かった。

苛立《いらだ》ちから、つい、尖《とが》った言葉が零《こぼ》れてしまう。

驚いたように奏は顔を強張《こわば》らせて、庸平をじっと見つめている。

「新しい彼氏できたの？」

奏の反応にいつもと違うものを感じ取り、庸平は追い打ちをかけた。

「違う」

「何で、隠すわけ」

やっぱり、理央については本気なのだ。

庸平は彼らの関係を邪魔するつもりはないのに、どうしてそこまで隠すのだろう？

そもそも、セックスしなければ、外でシャワーを浴びてくる理由はない。特に今は海水浴のシーズンでもないし、奏は日焼けに弱いから絶対に日に焼けないように気をつけているからだ。

悔しさに紛《まぎ》れて、不意に、焼けつくような熱いものが込み上げてきた。

抱きたい、と思った。

ほかの男と寝た直後の奏を抱いてみたら、どんな気分がするんだろう。

相手があの理央だったら、尚更に興味がある。

「やらせろよ」

「は？」

「やりたいんだ」

庸平が詰め寄ると、奏は狼狽《うろた》えたような顔つきで一歩後退《あとずさ》る。カウンター式のダイニングテーブルに奏を容易《たやす》く追い詰め、その細い躰を抱き締めた。

「嫌だ」

「どうして」

「疲れてる、から」

「そんなにわかってる……だからしたいんだろ」

「…………」

奏は目を瞠《みは》り、庸平の真意を確かめようとしているようだ。

ほかの男と寝た相手を抱きたいなんて、自分もどうかしている。

そもそも、義理の弟と関係を持ちながら本命の相手がいる奏だってどうかしているはずだ。

抱き寄せた奏にそっと唇を触れさせ、それから、もう一度キスをする。

薄く開いた唇から自分の舌を滑り込ませて、奏の口腔《こうこう》を味わう。

ほかの男ともキスしたんだろうと思うと、一方的なほどの苛立ちが募《つの》った。

「ン……」

細い眉を寄せて少し苦しげな顔になった奏の表情に、庸平は自分でも笑ってしまえるほどの嗜虐心《しぎゃくしん》をそそられた。

「よせよ」

そのまま反転するようにしてカウンターに彼を押しつけ、その白い首に噛《か》みつく。

「何で」

「痕《あと》…、つけられると、困る」

「……馬鹿」

見えるようにつけてるんだ。

そう言いたい気持ちを抑えて、なおのこと強く吸い上げた。

夏場だってそうやってきっちりシャツを着込んでいるところが、やけに劣情《れつじょう》をそそる。

わかってやっているわけではないのが、無性に悔しい。

彼が制服みたいに身につけている白いシャツを、もっと乱してやりたくて。

その場に膝《ひざ》を突いて彼のパンツを下着ごと下ろし、それを露《あらわ》にさせる。指先でさするように触れてやると、カウンターに寄りかかった奏の躰がぴくっと震えた。

「電気」

「は？」

「電気、消して」

「やだよ」

庸平はそう言うと、奏の胸に吸いつく。理央は相当紳士的なのか、奏の躰にはほとんど痕跡がなかった。

理央はどういうセックスをするんだろう。

そう考えると、真っ先に奏のすべてを欲しくなってしまう。

上体をカウンターに寄りかからせると、庸平は奏の片脚だけを抱える。背の低い奏は躰が浮いてしまうらしく、喉奥で小さな悲鳴を上げた。

「ッ」

きつい……。

潤滑剤になるものを何も塗《ぬ》らなかったせいか、奏はひどく苦しげな顔をしている。肩で息をしていて、額には玉のような汗が滲《にじ》んでいた。

理央としてきたはずなのに、何でこんなにつらそうなんだろう。

庸平としたくないから、拒《こば》んでいるのか？

そう思うと、自分の中にある凶暴な情念が大きな波のように揺らいだ。

「奏」

囁《ささや》きながら、強引な接合を続ける。

「う……く……」

苦しげな奏の中に全部収めてしまうと、庸平は彼の躰を揺さぶった。

「アッ」

悲鳴すら、奏のものだと思うと、甘い。

「は…あ、あん……あ、や…やだ、痛い……」

奏が訴《うった》えるのも聞かずに、庸平は乱暴な抽挿《ちゅうそう》を続ける。奏の躰は緩《ゆる》む気配がなく、行為のあいだ中自分を拒絶しているのが、逆に欲情を煽《あお》った。

「よせ、もう」

「冗談」

ここまで来て、やめられるわけがない。

奏は萎《な》えてしまっていて本当に苦しんでいるのがわかるからこそ、ますます悔しい。

「出すよ」

「や…ッ……」

有無《うむ》を言わさずに華奢《きゃしゃ》な躰の中に射精してから、やっとそこから離れる。同時にどろりと奏の内側から精液が溢《あふ》れ出し、そんなに自分が嫌なのかと腹が立つ。

「痛かった……」

ぼやくような奏の声は掠《かす》れ、庸平はようやく罪の意識を覚えた。

「悪かったよ、兄さん」

奏がぴくりと肩を震わせる。義理の兄弟で抱き合っている罪悪感を思い出したせいかもしれない。

だけど、あえてそう呼ばなければ、弟でいることすらできない。

できることなら、もう弟でなんかいたくなかった。

だけど、縁を切るような勇気も皆無《かいむ》だった。

6

『海岸通りを真っ直ぐに南下。橋をくぐり抜けてすぐのところ』

奏から送られてきたメッセージにはそれしか書かれていなかったが、砂浜には人だかりができていたので何となく見当はついた。

その中で一人背が高いのが、理央だった。

「あ、弟くん」

理央はにこやかに笑って、庸平に手を振る。庸平も愛想《あいそ》笑いを浮かべてそれに応じかけると、奏が「庸平です」と尖った声で言った。

「ああ、ごめんごめん。庸平くん、来てくれて嬉しいよ」

「こちらこそ、呼んでくださってありがとうございます。これ、差し入れ」

庸平が缶ビールの入った保冷バッグを差し出したところ、理央は相好《そうこう》を崩した。

「さすが気が利《き》くね。奏くんが自慢するだけある」

「自慢なんてしてません」

奏がぴりぴりした様子で口を挟《はさ》み、理央は「はいはい」と笑った。

「えっとビールはそっちのアイスボックスに入れてもらっていい？　保冷剤かなり入ってるから」

「はい」

確かにそちらに入れておいたほうがぬるくならないだろうと、庸平は素直に頷いた。

唐突に誘われたのは、一昨日《おととい》のことだ。

奏にシェアオフィスでのバーベキューに誘われて、庸平はどうしてかと訝《いぶか》った。そもそもキッチンであんな真似をした直後で、どうして何ごともなかったように振る舞えるのか、奏のその神経がわからない。

だが、奏から自分を映画以外に誘うことなんてほとんどない。驚きのあまり、ついうっかり了承してしまったが、こうして会場となる砂浜に来てみると途端に気分が鬱《ふさ》いだ。

理央がいるからだ。

ここで理央と奏の関係を見せつけられるのかと思うと、うんざりしてしまう。

おまけにこういうところで奏はぼんやりしていて、きっとメンバーに迷惑をかけるのだろう。そう思うと心配になり、庸平はちらりと奏のいるあたりを窺《うかが》う。

「奏さん、次、何すればいいですか」

学生だろうか。

幼い顔つきの青年が、奏に指示を仰《あお》いでいる。聞く相手を間違っていると思いつつ庸平がやきもきしていると、奏が口を開いた。

「追加で買ってきた野菜、洗って切ってくれる？」

「はい」

「僕は、肉に下味つけるから」

「下味なんてつけるんですか？」

「つけるとちょっと美味《おい》しい気がする」

奏はてきぱきとそう言うと、バッグの中から塩胡椒を取り出した。ちらちら窺っていると、奏はそれに塩胡椒してちゃんと揉《も》み込んでいる。普段の奏からはまったく考えられない行動に、庸平は目を剝《む》きそうになった。

こんなにきちんとしている奏を見るのは、初めてだった。

「すっかり懐かれちゃってるのね」

「奏くん、意外と面倒見いいから」

理央たちがそう話をしているのが聞こえてきて、庸平は複雑な顔になった。

理央に料理を習ってもいいと言っていたことを、思い出す。

きっと、どこかで手順とかを教わったのだろう。

奏は何もできないわけじゃなくて、自分がいなければいないでちゃんとするのではないか。

ただ、庸平が便利だから怠《なま》けているだけで。

そう思うと、胸が疼《うず》く。

こんな奏を見たいわけじゃなかった。

「庸平くん、点火したからそろそろ焼き始めるよ」

「はい」

気を利かせてくれた理央に呼ばれて、庸平は慌ててそちらへ向かう。間際に奏に呼ばれて、

「これ、配って」とトレイに載《の》せた焼き肉のたれと皿、そして割り箸を渡される。

「う、うん」

庸平は頷いて、「どうぞ」とトレイを持って参加者に近づいていく。女性陣は既にビール
を飲み始めていて、庸平が近づくとにこやかに笑った。

「奏くんの弟さんなんですって？」

「ええ、はい」

「美形兄弟なのね」

屈託のない調子で言われ、庸平は曖昧《あいまい》に頷く。

「羨《うらや》ましいなあ。奏くん、いいお兄さんなんじゃない？　結構頼りになるし」

「……は？」

「わりとずばず言いたいことを言うけど、やることはやってくれるもんね。シェアオフィスでも主力メンバーっていうか、何だかんだで頼りにされてるの」

「……はあ」

わからない。

奏がみんなに頼りにされている？

こいつは不思議ちゃんなのに？

「伊吹《いぶき》くん……今日来てない子のことも気にかけてたのよね」

「……」

「思い出した。仏像アプリ作ってるでしょ」

「え？　あ、はい」

突然話題が変わり、庸平は胡乱《うろん》な反応をしてしまう。

どうして彼らがそんなことを知っているのだろう。アプリの制作者の情報は名前くらいしか出ないし、庸平はハンドルネームを使用している。

「あれ、奏くんに勧められたのよね。もしよかったらダウンロードしてみてほしいって」

そういうことか。

「すみません、押し売りしちゃって」

「そこまで押しつけがましくないから大丈夫。お寺見るの好きだしね。私、レビューも書いたのよ」

「レビュー？」

奏の行動が予想外すぎて、まったく理解が追いついていない。

「読んでみて。デザインのこととか書いておいたから」

「ありがとうございます！」

ユーザーレビューはまめに目を通しているものの、まさか奏のシェアオフィスの住人が一言書いておいてくれたなんて想定外だった。

いや、それよりも奏があのアプリを周りに勧めてくれていたなんて、どういう風の吹き回しだろう。

アプリを作っているなんて、言った覚えもないのに。

「今度の仏像展は見にいくの？」

「ええ、はい」

「奏くん、わざわざチラシもらいにお寺まで行ったのよねえ。あのチラシ、ネットオークションで結構いい値段なのよ」

「そうなんですか？」

「特殊印刷で凝《こ》っていて、あまり枚数作らなかったみたいなのよね」

「家に帰ったら、よく見てみます」

仏像に興味がない奏が、庸平のためにわざわざチラシをもらいにいったとは思えなかったうえに、そんな貴重なものだとは気づかなかった。

そこで会話が途切れた。

「庸平」

近づいてきた奏が、肉と野菜を盛り合わせた紙皿を庸平に差し出す。

「な、なに?」

「全然食べてない」

「…いいの?」

「うん」

まったく食べていないのは焼き始めたことに気づかなかったせいだが、そうは言えない雰囲気があった。

プラスチックのコップに注《つ》がれたビールに口をつけた庸平は、そのまま一気に中身を呷《あお》る。

「お代わり、いる?」

「うん」

このまま酔いつぶれてしまいたい。

奏はちゃんとビールを配ったり野菜を切ったりと立ち働いて、オフィスの構成員としての役割りを果たしている。

こんな奏は、知らない。

それがこんなに恐ろしくて悲しいことだなんて……知らなかった。

本当にただの自己満足だった。これまで庸平がしてきたことには、何の意味もなかったのだ。

暑気の中、ビールの冷たさだけが心地よい。庸平は食事もそこそこに、自分でも早すぎると懸念《けねん》したくなるほどのピッチでそれを飲み干していく。

圧倒的な敗北感。

どう逆立ちしたって敵いっこのない人間がいるのだという、惨《みじ》めさ。

ポケットに入れておいたままのスマホが反応し、ＳＮＳに着信があったことを意味している。

『庸平、明日暇？』

吉沼からだった。バイトでの納品が済んだあとは、特に連絡を取っていなかったのを今更のように思い出す。

『暇といえば暇です』

返信をすると、すぐにまたメッセージが来る。

明日の朝、話があるから駅前のファストフード店に来いという命令に近い依頼だった。

「あー……」

そう呟《つぶや》いた庸平ががばっと頭を抱えると、前の座席に腰を下ろした吉沼が驚いたような顔になった。

「なに、どうしたの」

「いや……何でもないです」

結局、バーベキューのときはほとんど食べずに飲みっぱなしだった。差し入れに持っていったビールのうち、三分の二は自分が飲んでしまったのではないかというほどの分量で、おかげで若干二日酔い気味だ。

そのうえ、奏のことを考えると苛々してしまって、自分らしさを完全に見失っている。アプリのアップデートも勉強もバイトも、何もかもが上手くいかない。

それも突き詰めてみれば、原因は恋の悩みという極《きわ》めてつまらない理由なのだ。

「何でもないって顔じゃないけど。明らかに憔悴《しょうすい》してるっていうの？」

「憔悴なんて言葉、日常でよく出てきますね」

「誤魔化《ごまか》すなよ」

吉沼が真《ま》っ直《す》ぐに自分を見つめてきたので、それ以上誤魔化すことは無理だろうと観念した。

「――兄と上手くいってないんです」

珍しく庸平が真面目《まじめ》に切り出すと、吉沼は「義理なんだっけ」と言う。

自分の兄と血のつながりがないことは、あえて他人に喧伝《けんでん》するようなものでもないので、このあいだの理央のように面と向かって聞かれない限りは自分からは言わなかった。

「ええ」

「やっぱり血のつながりがないとやりにくい？」

「そう、ですね」

庸平は肩を竦《すく》めた。

血のつながりがないのが問題だというよりも、ないせいで自分の劣情《れつじょう》を堪《こら》えきれないのが問題なのだ。

「俺はおまえはすごく頑張ってると思うよ。庸平はお兄さんのこと、大好きだもんな」

「や、やめてくださいよ……恥ずかしくなるじゃないですか」

事実だから、よけいに情けない。

「ブラコンっていうんだっけ」

「正直、もう卒業したいですよ」

そうでなくとも自分が面倒を見ていることが何の意味もなかったのだと、昨日思い知らされたばかりなのだ。

空回り、独りよがり、一人上手――何とでも言ってくれ。

こんな状態から、もう抜け出したい。

「まあ、おまえもそろそろ兄離れする時期だよな。で、お兄さんも弟離れする時期、と」

「かもしれません」

「でさ、一つ面白い案件があるんだけど」

待ってましたとばかりに吉沼はにやっと笑った。

その表情に、彼からは今日は話があると呼び出されたのを思い出して庸平は少しばかり不安を覚えた。

「どんな？」

「隣町のスマートシティ構想って知ってる？」

「ああ、このあいだ新聞で読みました。湘南会議でも話題になってましたよね」

「うん、それ」

スマートシティとはＩＴや環境技術などの先端技術を駆使《くし》して、町全体の電力の有効利用して環境に配慮する都市計画のことだ。

最近では地方都市でも研究されることが多いが、将来性は未知数だ。

「でさ、その一環としてシェアハウス事業をやろうってもちかけられたんだ」

スマートシティとシェアハウスというのは、結びつきそうで結びつかない。

「つまり、シェアハウスをすればエネルギーの節約になるって発想だ」

「最先端って、それじゃどっちかっていうとかなりアナクロじゃないですか。ちょっと単純すぎるんじゃないですか」

庸平の的確な突っ込みに、吉沼は「容赦《ようしゃ》ないねえ」と笑った。

「それに、そんな案件がどうして先輩のところに？」

「俺の周りには、若いやつらがいっぱいいそうだってことじゃないか」

吉沼としてもいまいちわかっていないらしく、そのあたりは曖昧だ。

「まあ、とにかくさ。それでうちに白羽の矢が立ったわけ。会社としては一番若いし、それなりにフットワークが軽い。地元出身でいろいろ結びつきがあるんじゃないかって頼られちゃってさぁ」

「ええ」

嫌な予感がする。

どうせお調子者の吉沼だけに、断りきれないで面倒なことを引き受けてしまったのだろう。そしてそれを、庸平に肩代わりさせるという作戦に違いない。

きちんと断るつもりはあったものの、頭がふらついていてそこまで断固とした態度を取る自信がなかった。

「けど、スマートシティにただシェアハウスがあったからって、利用者が魅力を感じて入居するとは思えない」

「でしょうね」

シェアハウスはどちらかといえば、独立したいけれどそのための資金がない人をターゲットにしている。

スマートシティというお題目とどこまで共通性があるかは疑問だった。

「そうなんだよな。もともとシェアハウスって住民の入居期間が一、二年のことが多いから、常に魅力的でなくちゃいけない。でも、最初は新しくて綺麗な施設も、何年か経《た》てば古くて魅力の落ちた物件になる。ただ住むためだけの場所じゃないシェアハウスってどういうものなのか気になってさ」

「ええ」

相槌《あいづち》を打っているだけだったが、吉沼の言わんとすることはわかる。

「だからこそ、俺はこれがうちのだ、といえる特長あるシェアハウスを作りたいんだ」

吉沼の言葉に、庸平は眉をひそめた。

「それを俺に話すってことは……」

「うん、おまえにやってほしいんだ」

けろりとした吉沼の声に、庸平はため息をつく。

「俺が？　何を？」

「おまえがリサーチをしてほしいんだよな。できれば企画立案も」

「待ってくださいよ、俺、これから就活ですよ？　それに、人の面倒を見るのだって向いてないです」

このままじゃ吉沼に決められてしまうと、庸平は必死で抵抗を試《こころ》みる。

だが、ある意味ではのらりくらりとしている吉沼の前では、それも上手くいかなかった。

「でもさ、おまえ、兄貴の面倒をよく見てるじゃないか」

「それは、相手が兄だからです」

きっぱりと言い切ってから、庸平は自分の頬が熱く火照《ほて》ってくるのを感じた。

「と、とにかく、シェアハウスの管理人なんて御免ですよ」

それが本心だった。

どんなに面倒だと思っていてもつい面倒を見てしまうのは、相手が奏だからだ。

ほかの誰かなんて、庸平にはどうでもいい話だった。

「管理人じゃなくて住人は？」

「それだって似たような結果になりそうです。それに、今のは兄の話とどう関係あるんですか？」

「多少距離は必要だろ、お兄さんと」

奏に会ったこともない他人から改めてそう言われて、ずしりと胃のあたりが重くなる。

「距離……？」

「おまえ、今言ったけどもう就職するんだぜ。いつまでも兄貴の面倒見ていて、それで終わるつもりかよ」

そのとおり、だった。

「それは……」

「今までべったりしてきたなら、少しずつ離れる練習をしたほうがいい。急に切り離すのはどう考えても無理だろ」

その日が来るまでの、予行演習。

今まで漠然《ばくぜん》と考えていた期限が、急に目の前に迫ってきた気がする。

このぬるま湯みたいなモラトリアムは、もうすぐ終わるのだ。

今まで無視しようとしていたことだったが、もう、避《さ》けられない場所まで来ているのかもしれない。

生きる道が違う。生き方が違うのだ。

奏と自分とでは、一緒に生きていくなんてできっこないのだ。

「わかりました、やります」

毅然《きぜん》とした顔つきで庸平が言うのを聞き、吉沼は「そうこなくっちゃな」と相好を崩した。

吉沼が先に店を出たので、庸平は文庫本を取り出してそれを読み始める。そして、不意に奏がいることに気づいた。

奏は背の低い男性と一緒だった。

確か、このあいだのバーベキューのときもいたかもしれない。

「奏」

つい声をかけると、奏は不機嫌《ふきげん》そうな顔で自分を見上げる。

「なに」

「見かけたから呼んだけど、悪かった？」

「……仕事中」

やはり、彼は庸平がこの店にいるのに気づいていたのだろう。

そんな表情だった。

微かに相手に会釈《えしゃく》した庸平は、奏から離れて自分の席に戻る。文庫本を読み進めるあいだ、幾度となく奏とその連れの観察をしたいという衝動に駆《か》られたものの、何とか堪えることは可能だった。

奏の連れはどこか小動物めいた顔つきの青年で、奏より年下だろうか。こうして見ると、彼もまた可愛い顔をしている。

カワイイという単語は無敵だ。

どんなものだってそれで表現してしまえる。

でも、初めて奏を見たときのあの衝撃に比べれば、どんなカワイイも意味がない。

あのとき、自分の心を撃ち抜かれたのだ。

でも、それも忘れなくてはいけない。

兄から卒業しなくては、庸平だってやっていけない。

自分の人生を歩めなくなるよりは、ここですべてを断ち切りたかった。


共用家具と家電。

エアコン、洗濯機、乾燥機、冷蔵庫、テレビ、ベッド、布団、電子レンジ、炊飯器《すいはん》、電気ケトルなどなど。シーツやタオル類はお好みでどうぞ。

シェアハウスの運営会社からのメールを見ながら、庸平は必要なものを考えたが、正直にいえばパソコンや教科書、それから着替えくらいしか思いつかなかった。

いずれにしてもシェアハウスから自宅までは自転車でも三十分ほどだ。往復の時間を厭《いと》わなければ、何か欲しいものがあればすぐに取りに戻れる。

三十分という微妙な時間は、奏を説得するにも役に立つはずだ。

急に離れていなくなってしまうわけでもないし、何かあったらお互いに様子を見に行けるほどの距離感。

シェアハウスはたいていのものが揃《そろ》っているので、庸平が用意しなくてはいけないのは着替えと教科書、パソコンくらいのものだった。

荷物をまとめてスポーツバッグに詰めると、ちょうどいいタイミングで奏が二階から下りてくる。

「おはよう」

欠伸《あくび》をした奏が、パジャマのまま涙目を擦《こす》らずに伸びをする。

少し日焼けしたみたいなのは、このあいだのバーベキューのせいだろう。

それだけで、まるで奏が異物みたいに見えてしまうという違和感。

嫌だ。

自分の気持ちが少し変わっただけで、こんなふうに奏を疎ましく思えてしまうなんて。

「夏合宿?」

彼は玄関の上がり框《がまち》に置かれた大きめのスポーツバッグに、不審げな表情をしている。

「そうじゃない。引っ越すから、洋服と教科書」

「……は?」

まさしく、鳩が豆鉄砲を食らったような顔。

奏はあからさまにきょとんとしている。

「なに、言ってるんだ?」

心持ち首を傾げた奏の不思議そうな顔が、すごく、可愛い。

ぐらっと心が揺れそうになるのを堪えて、庸平は懸命《けんめい》に理性で自分を律しようと試みる。

「そのまんまだよ。吉沼さんに頼まれてシェアハウスに引っ越すことにしたんだ」

「意味がわからない」

「どうして」

あえて説明をしなかったのは庸平の落ち度だが、実際には奏は忙しくて話をする余裕はなかった。

庸平一人の責任じゃないはずだ。

だいたい奏の生活には、庸平などいてもいなくてもたいして変わらないではないか。

「おまえには家もあるのに、どうしてわざわざ金のかかることをするんだ？」

「何、それって金の問題？」

鼻先で笑い飛ばすと、ぐっと言葉に詰まったように彼が黙り込んだ。

「べつに、兄さんは俺がいなくたって暮らしていけるだろ」

「そうだけど」

さらりと自分の存在意義を否定されてしまう。

胸が、痛い。

どうしてこんなふうに、奏は庸平の心を簡単にざわめかせることができるのか。

「なら、いいじゃないか」

「よくない！」

奏はぴしゃりと言い切った。

「よくない。何で急に、そういうこと言うんだ」

「急じゃなければいいわけ？」

「揚《あ》げ足を取るな」

奏は苛々したような顔つきで、庸平を真っ向から睨《にら》んだ。

こんな目で自分を見てくれることは、今までにほとんどなかったはずだ。

自分と彼はまったく噛み合っていなかったのだと、今更のように噛み締める。

もっと感情を交錯させればわかり合えたのだろうか。奏とは兄弟という枠組みを超えられたのだろうか。

……わからない。

わからないけれど、胸にぽかりと大きな穴が空いたみたいだ。

これは淋しさ、というものなのか。

大きな喪失感《そうしつ》にシャツの上から胸を押さえ、庸平は俯《うつむ》いた。

7

「庸平くん、今日のご飯なに？」

カウンターキッチンに頬杖《ほおづえ》を突いたみすずに問われて、野菜を刻《きざ》んでいた庸平は顔も上げずに「今日は酢豚」と答えた。

ころころと鈴が転がるみたいな、そんないい声だ。

「中華？　すごいねえ、何でもできちゃうのね」

キッチンの椅子に座り込んだみすずを見て、庸平は曖昧な笑みを浮かべる。

シェアハウスに住み込み、今日で六日。

庸平にとっては、ここで過ごす初めての週末だった。

庸平よりも数か月前に入居したほかのメンバーも最初はもの珍しがって皆で料理などしていたが、だんだん飽《あ》きてきて夕食時になっても自然と集まらなくなったそうだ。新しくメンバーに加わった庸平が目当てらしく女子陣が浮き足だっているようで、それが男性陣には面白くないのかもしれない。

奏と強制的に離れることができたのは嬉しかったが、それが功《こう》を奏《そう》したかといえば、また別の問題だ。

自然と家に帰りそうになってしまって慌てて駅から引き返したり、奏が心配で帰宅しようかと思い悩んだり。

一週間も家に帰らないなんて、旅行以外ではあり得なかった。

ただ見ているくらいなら手伝ってくれればいいのに、みすずは頬杖を突いて庸平の手際のいい家事を見守っている。

一応声をかけてから夕食を作り始めたので材料費は割り勘にできるものの、まったく手出しをしないというのは共同生活を送っている上ではどうなのか。

「庸平くん、就職は？」

「今、三年だから」

「あ、そうか」

そこであっさりと会話が途切れた。

「でも、今、バイトしてるんでしょう？　このシェアハウス手がけてる１０８ハウスと」

「手がけてはいないけど手伝ってる。だけど、就職はしないよ。あそこも人手は足りてるから」

吉沼に再三誘われているものの、やはり、自分の志望は変わっていなかった。

「あれ、みすずってば庸平くんと二人きり？」

ひょいと顔を覗かせたのは、アパレル業界で働いているという藤美《ふじみ》だった。今日は早めに上がれたらしく、帰りが早かった。

「うん」

途端にみすずの声のトーンが落ち、あまりのわかりやすさに感心する。

正直、奏にこれくらいのわかりやすさがあればと思ってしまうほどだ。

「何か手伝うよ。メニューは？」

てきぱきと動きだした藤美に対抗するように、「私も！」とみすずが立ち上がる。

どうやら手伝ったほうが庸平の心証がよくなるという可能性に、ようやく思い当たったようだった。

「酢豚とわかめスープ」

それに加えて、ご飯はもう炊《た》きあがっている。おまけとしてキクラゲの酢の物を作ろうと思ってキクラゲ自体は戻してあるのだが、面倒なのでそこまでのコメントはしなかった。

「じゃ、私がわかめスープやるね」

「でも、酢豚がもうできてるでしょ。それじゃ分担にならなくない？」

「あと、箸休めに何か作ってくれれば……」

「なら、みすずちゃんは箸休め作ってよ」

きゃんきゃんとやり始めた二人を見ながら、すっかり面倒になった庸平は肩を竦める。

そういえば、シェアハウスを舞台にした実録もののテレビ番組とかあったっけ……。見たことがないけれど、こういう感じだったのだろうか。

——何だか、すごく面倒くさい。

煩《わずら》わしい話だった。

シェアハウスに住んでいる人たちは、最年少は学生の庸平で、最年長が三十二歳の調理師だった。年齢の幅がそう広くないのが、よけいに連帯感を生み出すのかもしれないが、庸平としては煩わしいばかりだ。

「とりあえず、やってもらえるなら任せていいかな」

「はーい」

こういうときだけ声を揃えてにこやかに笑った女性二人を台所に置き去りにし、庸平は自室へ戻った。

シェアハウスはドミトリーと呼ばれる相部屋と個室に別れている。もちろん個室のほうが家賃が高いせいか空き部屋になっていて、庸平はそこに滑《すべ》り込むことができた。

階下で何が起きているかは心配だったものの、気にしないほうがいいだろう。下手に気にかけると、自分のレポートが進まなくなる。

こうして食事の時間まで庸平は束《つか》の間の平和を得て、自分の部屋でレポートの続きに取り組むことができた。

あそこまで料理が仕上がっているのに遅いと思いつつも、キクラゲに手こずっているのかもしれない。もっとも、料理法はネットで調べればすぐにわかるし、気にするまでもないだろう。

しかし、一時間近くたって意気揚々《ようよう》と呼びに来たみすずの料理の腕には絶句する羽目《はめ》になった。

それなりに上手くできていたはずの数々の料理は、影もかたちもない。

まるで黒酢で和《あ》えたように黒焦げになった酢豚と、まったく切れていないわかめで作られたわかめスープ。石突《いしづ》きを取っていないきのこのあえもの。

「何だ、庸平も失敗することあるのか」

帰ってきた会社員の佐藤《さとう》にからかわれ、庸平は「ええ、まあ」と苦笑する。

「ひどーい、失敗って言うわけ?」

「せっかく私たちが頑張ったのにねえ?」

唇を尖らせたみすずと藤美は、こんなときだけ連帯してくる。

おかしくなった庸平が小さく噴き出すと、みすずたちは安堵《あんど》したらしく表情を輝かせた。

誰かと暮らすのは面倒だし、今まで以上に気遣う必要がある。

でも、トータルで考えると気楽につき合える。

誰のことも、奏ほど大事じゃないからだ。

嫌われたってべつに構わない。ここでの人間関係は、すぐに捨て去れる程度のものだ。

でも、奏は違う。

義理であっても兄妹なのだから、そう簡単には捨てられないのだ。


日曜日。

シェアハウスに移って今日で二週間。

ようやく、バイト帰りに間違って自宅に帰ることもなくなった。

新しい案件も進行中で、吉沼にも「楽しそうだ」と太鼓判《たいこばん》を押された。

——やっぱりおまえ、兄貴から離れてよかったんだな。

そう言われると、今度は、奏がどんな生活を送っているか気になった。

とりあえずメールはしてみたものの、特に返事はなかった。

「重いよね、庸平くん」

「平気だよ、これくらい」

たまには夕食は皆で食べようということになり、流れで庸平が料理当番に決まった。

みすずと藤美が手伝いに立候補してくれたのは想定の範囲内であったが、これはこれで他の住人と軋轢《あつれき》ができそうで面倒くさい。

スマートシティのスマートの意味が違うのは重々承知だったが、ちっともスマートじゃない。

何かと家事に手を出しそうになっては、それを引っ込める。ストレスの溜まる生活だった。

やはり自分は、ほかの人の面倒を見ながら生きるのは向いていないのだ。

奏だけが特別だった。

そう噛み締めるたびに、奏の特別になれなかった自分を思い出して惨《みじ》めになる。

「それ、重いんじゃない？　怖い顔、してる」

「生まれつきだよ」

「嘘ばっか」

けらけらと陽気に笑われて、庸平は複雑な気持ちで苦笑する。

アスファルトに照り返す陽射しのせいで、全身に汗が滲む。早くシェアハウスに辿り着いて、シャワーを浴びたかった。

もう、いろいろなことが面倒くさい。

全部投げ出してしまいたい。

なのにひとつひとつ我慢してやっているのは、何のためなんだろう。

いつかよりよい未来が来ると思っていたけれど、いつかとはいつだろう。よりよい未来ってどんな未来なのだろう。

不安に胸が押し潰されそうだ。

奏のことを好きで、好きで、ずっと奏のそばにいることしか考えていなかった。だから、奏と自分の人生が寄り添い合えないものだとわかったときに、どうすればいいのかわからなくなってしまったのだ。

「あれ、誰か来てるのかな」

先に玄関を開けたみすずの声に、庸平ははっと面を上げる。

庸平にとっては見覚えのある黒い靴が玄関にあり、胸のあたりがもやっとした。

どうして見覚えがあるのかと、いえば。

そう考えつつ庸平は廊下から台所に回ろうとすると、佐藤がリビングのドアを開けて出てきた。

「あ、庸平、お帰り」

「ただいま」

「お兄さん、来てるよ」

「え」

いきなりそう言われて、庸平は「兄って？」とぽかんとする。

あの靴を目にして何となく予想はついていたものの、本当に奏のものだと言われると動揺してしまう。

「だから、おまえのお兄さん。え、偽物とかっていうことあるの？」

「いや、それは……その……」

何とか心の準備をしつつリビングルームへ向かった庸平は、ソファに腰を下ろした奏の姿に刹那、立ち尽くした。

「……兄さん」

一瞬にして、期待が膨《ふく》れあがる。

やっぱり、淋しいと思っていてくれたんだ。

自分がいなければだめだと、追いかけてきてくれたんだ。

そうでなければ、わざわざシェアハウスを訪ねてくる道理がない。

「庸平」

白いシャツにジーンズ。制服のように普段と大差ない恰好をした奏は、庸平を見て微かに表情を強張らせた。

手土産《てみやげ》など持ってきたのか、不揃いな厚さに切られたロールケーキが並んでいる。

「どうしたの。様子、見に来てくれたとか？」

「今度、シェアハウスの仕事受けたから」

奏の返答はにべもなかった。

「え？」

「理央さんの仕事の手伝い。サイト作るのにライティングするから、それで」

「……ふうん」

自分でもそうとわかるほどに冷たい声が漏《も》れてしまう。

膨らんでいた期待が、風船のように弾《はじ》けた。

要するに、サイトを作るための文章作りを手伝っているということか。奏は文章を書くのもなかなか上手いので、そういう仕事を時々手伝っているというのは庸平も知っていた。

取り立てて庸平のことを気になったというわけでもないのなら、来訪を喜ぶ気持ちにはなれなかった。

「で、参考になったわけ？」

「うん。いろいろ案内してもらった」

既にこの家の中を見て回ったのだと示されて、庸平はますます拗《す》ねた気分になった。

奏のためにしてやれることが、自分にはもう、何もない。

そう思い知らされた気がした。

「じゃあ、もう、いいだろ」

苛立ったように庸平が言うと、奏が目を瞠った。

「わかった、帰るよ。でも……」

そこで一旦言葉を切り、奏は真っ向から庸平の双眸《そうぼう》を見据《みす》える。くろぐろとした目で直視され、庸平はしばし狼狽えた。

「おまえ、いつまでここで暮らすんだ？」

「決めてないけど」

「このあいだは仕事のめどがつくまでって言ってただろう」

咎《とが》めるような声に、庸平はむっとした。

「なに？　俺の飯が食べたくなったとか？」

「うん」

珍しく素直に奏が頷いたので、庸平は唖然《あぜん》とした。

「どういう、意味」

「外食ばかりだと、金が続かない」

「あ……そっち」

庸平は苦笑した。

「いいんじゃない。兄さん、俺と違って稼いでるんだろ」

突き放したようなことを言ってのけると、ぐうの音も出ないらしく、奏は黙り込んだ。

こうして確信的に彼を傷つけるのは初めてだ。

「でも」

人恋しくなったのだとしても、そんなの、一時的な感傷だ。

庸平には関係ない。

そう思い切った以上は、彼に干渉するつもりはいっさいなかった。

「用があったらメールして」

「……うん」

口をぱくぱくとさせた奏が、突然、「アプリ」と口にする。

「は？」

「おまえの作ったアプリ……仏像好きなのは女の子なんだから、もっと女子向けの配色にしたら」

「それ、今言うこと？」

「そうじゃ……ないけど」

そこで奏が口籠《くちご》もった。

「お兄さん、よかったらこの辺案内しますよぉ」

佐藤がへらへらと笑いつつそう提案するのにむっとし、庸平は踵を返して自分の部屋に閉じこもった。

本当に、腹が立つ。

鈍感すぎる奏にも、何も言えないで燻《くすぶ》っている自分にも。

情けなくてたまらなかった。

「庸平、メール来たみたいだけど」

打ち合わせ中に吉沼に言われて、庸平は「いいんです」とあっさりと答える。

スマートシティ構想のために吉沼に頼まれたレポートをまとめている最中だったが、やはり、『シェアハウスとスマートシティは食い合わせが悪い』という庸平の結論は、吉沼には不都合なものだったようだ。

そこを何とか書き直してほしいと頼まれたものの、実際、庸平が否定的なのだから仕方がない。

「吉沼さんこそ住んでみるべきじゃないですか？」

「そうだけどさあ……」

「今のかたちのシェアハウスじゃ、単に皆で一つ屋根の下に住んでいるだけですよ。確かに友達ができるとかシナジー効果は多少あるかもしれないけど、目的意識がない以上はただ同居してるだけっていうか……」

「それはわかってるんだけどさ」

くしゃくしゃと髪の毛を掻き混ぜ、吉沼はため息をつく。

「そこに何らかの切り口がないと」

「同じ会社の人間が共同生活とかすればいいんじゃないですか？」

「それじゃただの社員寮だろうが」

「……そうか」

庸平は肩を竦めた。

「どっちにしても、スマートシティをやりたいなら、何かプラスα《アルファ》がないとだめですよ」

「それを考えるのが、今回のシェアハウスだろ」

吉沼に言われて、庸平は首を振った。

「吉沼さんには悪いけど、俺、単に自分のためにシェアハウスで暮らしただけです。スマートシティとかそういうのはどうでもよくって」

「どういうことだ？」

「兄と上手くいってないから現実逃避しただけで……そんな状況じゃ、画期的なアイディアなんて生まれるわけないですよ」

それでも、兄が一人でやっていけるとわかってしまっている以上は、家にも戻れないという意地。

シェアハウスでの人間関係は決して居心地がいいものではなく、そうした人間関係を築く面倒くささを味わった。

そういう意味では、もしかしたら、奏のほうが柔軟なのかもしれない。

シェアオフィスの住人たちと上手くやっているようだったし、面倒見もいいと言われていたではないか。

何だか、自分が奏のことを何も知らないような気がしてきてしまう。

「そうか……じゃあ、まったく役に立たなかったか？」

「役には、立ちました」

悔しいことだが、奏の気持ちを知るという意味では、とても実のある体験だった。

「ならよかったじゃないか。何も生み出さないようだったら、今回のプロジェクトはおまえに迷惑をかけただけになるけど、そうじゃないんだろ？」

「……ええ、そうですね」

いい加減吹っ切らなくてはいけないという、明後日《あさって》の方向への気力だけは湧《わ》いてきた気がする。

「忘れるように努力します」

「へ？　お兄さんを？」

「ええ」

「そこまでディープな兄弟関係ってすごいな。そんなに好きだったんだ」

「はい」

否定することでもないので、庸平は素直に頷く。ここで同意できるということは、心の整理ができた証拠かもしれなかった。

8

「とりあえず、進捗《しんちょく》は悪くないな」

夏休み終了まで、あと一週間。ゼミ仲間の締めの言葉に、庸平はほっとする。学祭で行われるゼミ発表では論文集を発行して販売するのが所属するゼミの通例だが、その進捗を発表することになっていたのだ。

庸平は辛うじて課題の書籍を読んで自分なりの理論をまとめた程度で、完成にはほど遠い。だが、要点をまとめて持っていくとそれなりに評判はよかったし、ほかのゼミ生よりも進みはよかった。

「ええと、生協に印刷を頼むとして来月末にはデータでもらわないとやばいな」

「フォーマット揃えたほうがいいよな」

「うん、俺が編集するから基本のファイルをみんなに送るよ」

そんなことを言い合っているうちに、太陽が少しずつ沈みかけていくのがわかる。

奏のことを忘れようと、庸平は今まで以上に大学生活に傾注《けいちゅう》していた。ちょうど学祭が近いこともあり、やることも山積みだったからだ。

ついこのあいだまで海水浴客でごった返していた駅前も、だいぶ落ち着いてきている。もう少し経てば紅葉《こうよう》のライトアップを目当てにした観光客で溢れるのだろう。街全体に活気があるのは悪いことではなかったので、庸平はそういう変化をおおむね肯定していた。

シェアハウスの浮き足だった空気も、庸平がみすずと藤美の双方とどうにかなるつもりはないと悟《さと》ると、何となく落ち着いてきた。

同時に他の男性陣とはそれなりに仲良くなり、居心地もまずまずになってきている。

吉沼のスマートシティ構想とシェアハウス計画は頓挫《とんざ》しそうだったが、庸平としてみればこのまま家に戻るわけにもいかないので、卒業まではシェアハウスの住人でもいいかもしれないと思いかけていた。

奏とのことをなかったことにはできないが、思い出さないように努力することはできる。

そうして自分の恋心を封印し、見過ごしてしまえばいい。

我ながら涙ぐましい努力を続けている、そんなある日のことだ。

今夜は自分一人なので夕食は適当に済ませようと思っていた庸平のもとに、メールが届いた。

——奏くんの件。

淡々としたサブジェクトに秘められた不穏さに、庸平はもしかしたら逆にスパムメールか何かではないかと思ったくらいだ。

確認すると、差出人は理央だった。

そういえば、このあいだ会ったときに名刺の交換をした記憶がある。二回目のバーベキューのときはメンバーを取りまとめていた理央にお礼のメールをしたので、庸平のメールアドレスもすぐにわかったのだろう。

意を決してメールをクリックして中身を一読した庸平は、表情を曇らせた。

曰く、奏がもう四日も出勤していないとのこと。奏の携帯もメアドもわかるが住所が不明なので、様子を見に行けないので困っているとのことだった。

住所が不明って、聞けばいい。彼氏なら、理央が見に行けばいいではないか。

邪魔な弟がいなくなったらたがが外れて、奔放にやっているのではないのか。

義理とはいえども兄に欲情してしまう自分のインモラルさを棚に上げて、庸平はそんなことを考えてしまう。

とはいえ。

これまでずっと面倒を見てきた奏のことを放り出してしまった手前、多少なりとも罪悪感を抱いているのも事実だ。

それに、心配だってある。

庸平などいなくても自分で何でもできると豪語していた奏だったが、本当にそんな才覚があるのだろうか。

――ちょっと電話してもいいですか。

――いいよ。

すぐに返信があったので、立ち上がった庸平はミーティングが行われている教室をするりと抜け出した。

『庸平くん、だっけ。ごめんね』

すまなそうな理央の反応に、そんなに心配するなら恋人の体調管理くらいしっかりやっておけよと内心で毒づく。

理央がどんな顔で今の言葉を口にしているか薄々わかるからこそ、よけいに腹が立つ。

あの整った顔に、心底心配そうな表情を刻み込んでいるんだろう。

「兄さんと連絡取れないって……どういうことですか?」

つい口調が刺々《とげとげ》しいものになってしまう。

危なっかしい奏を、見守っていてほしい。何のために身を退《ひ》いたのか、これではわからないではないか。

『最近、食欲ないみたいなのに、無理にバスケにつき合わせちゃったせいかも。悪いことしちゃったよ。もしかして今頃夏ばてが出たのかな』

「……バスケ?」

奏とバスケという言葉は、まったく結びつかない。

少なくとも奏はインドア派で、運動とは対極にいる存在だったからだ。

『うん。うちのシェアオフィスで、市の運動会にエントリーしちゃってさ』

「は？」

正直、奏はとても運動神経が鈍《にぶ》い。自分を平手打ちにする相手からだって、逃げられなかったくらいなのだ。

そんな奏に、バスケなんてできるわけがない。

どうせシェアオフィスの相手に断りきれないで参加する羽目になったに決まっている。そう思うと、苛々してきた。

『週一の練習にもちゃんと出てたから体力できたかなって思ってたけど……ごめんね。ちょっと様子見てほしいんだ』

「…………」

どうして、俺が。

庸平はその言葉を持て余し、スマホを握り締めたまま立ち尽くした。

廊下には自分の影が落ちている。その頭の部分をぼんやり眺めながら、庸平は何を言おうか戸惑っていた。

『君がシェアハウスに引っ越したからってすごく淋しそうだったよ』

「……兄が？」

意外な言葉に、ワンテンポ遅れた。

『奏くん、君のこと大好きだからねえ。淋しいんじゃないかなって話してた』

「…………」

何を言っているのか、よくわからない。

『自慢の弟なのは知ってたんだ。アプリも使ってみてくださいってＭＬ《メーリングリスト》とかＦＢ《フェイスブック》とかで宣伝してたし』

「そうなんですか？」

『ほら、ツンデレだから言わないんじゃないかな』

兄はツンデレなどという人種ではなく、単に感情表現の起伏が鈍いだけだ。

――でも。

自分の知らないところで、庸平は奏から大事にされていたのだろうか。少しは大切な存在だと思われていたのだろうか。

だとしたら、それを示してほしかった。

ほかの誰かじゃない。自分にこそ見せてほしかったのだ。

教室に戻るとミーティングは終わって皆がだらだらと世間話をしていたので、庸平はそこで帰ると告げた。

駅まで走っていって、電車に乗り込んで家に帰るまでのその距離が、やけに長く感じられる。がらがらの下り列車のシートに座り、少し眠ろうと目を閉じたものの、昨日は遅くまで作業していたくせにちっとも眠気は訪れなかった。

買い物をしてから帰ろうかと少し迷い、とにかく奏の顔を見てからにしようと思って家へ急いだ。

三週間ぶり、だろうか。

久々に戻る自宅は、何だかほかの誰かの家のように他人行儀な佇《たたず》まいに見える。

玄関のドアを開けても、空気がまるで動いていないのがわかった。

たかだか自分一人がいないというだけで、こんなふうに雰囲気が変わるものなのだろうか。

何だか、とても淋しい印象だ。

玄関ホールに足を踏み入れると、むわりと籠《こ》もった空気が押し寄せてくる。

それぞれの家に独特の、生活の匂い。

「兄さん」

そこで声をかけてみても、返事はない。

もしかしたら出かけているのかもしれないと思ったが、そうしたらセキュリティシステムが作動するはずだ。

——奏が設定さえまともにしていれば、だが。

「兄さん……？」

呼びかけながら、彼の部屋に向かう。意を決してドアを開けた庸平は、驚きに目を瞠った。

「兄さん……!?」

奏はフローリングの床に頽《くずお》れるようにして蹲《うずくま》り、ベッドに寄りかかって辛うじて上体を支えているようだった。

「ようへい……？」

弱い声。

おずおずと視線を上げた奏の、どことなく心細そうな表情。

こんな顔……するんだ。

初めて見せられた奏の弱々しい顔に、庸平の心はいとも簡単に揺らいだ。

「どこか痛いのか？　熱は？」

その場に膝を突いて、奏の額に乱暴に触れる。嫌がられるかと思ったが、奏は力を抜いて庸平に体重を預けてきた。

「ううん、どっちも、へいき」

か細い声だった。

「じゃあ、どうした？」

「お腹、空いた」

自分の肩のあたりからくぐもった奏の声が聞こえてくる。彼の細い髪が顎《あご》のあたりにあたってくすぐったい。

ぬくもりが、すごく尊《とうと》いものに思えてくる。

ああ……畜生。

こんなときになって、ますます実感する。

奏を好きだ。そう簡単に忘れられるわけがない。こうして頼られるのが、嬉しい。

煩わしさなんて皆無だ。

自分が奏の面倒を見たかった。奏の全部になりたかった。奏の世界のための、窓になりたかっただけ。

結局、全部庸平の我《わ》が儘《まま》だったんだ。

そんなことをじわじわ考えていただけに、奏の言葉の意味を解するのに時間がかかった。

「……は？」

「だから、お腹空いた……」

奏はそう言うと、くったりと力を抜いてそのまま庸平にもたれ掛かる。

「おい、兄さん。……兄さんってば」

信じられない。

空腹で体調を崩したって言うのか……!?

こんなに弱っているとはいえ、素直に頼ってきた奏が可愛すぎて、このままでいたかった。

だけど、背中をさすっているうちに奏の腹が盛大に鳴ったので、庸平は渋々躰を離す。

状況は何も改善されていない。だが、奏が自分を頼ってきたという常にない事態は事実だったので、とにかく目を瞑《つぶ》ることにした。

庸平はキッチンへ向かうと、冷蔵庫を開ける。

冷蔵庫の中は見事なまでに空っぽだった。

つくづく奏は、自分自身を管理する能力に欠けているのだ。

とりあえず食事を摂《と》らせて体温を測って、それから、病院に連れていくかどうか決めよう。

救急車を呼ぶほどではなさそうだというのは、直感的にわかっていた。

庸平は近所のスーパーに買い物にいくと、品揃えの悪さには目を瞑ってあれこれ買いそろえる。

胃にそんなに負担のかからないような雑炊と、ふわふわの卵焼き。納豆。湯豆腐。

なるべく躰によさそうなメニューを手早く仕上げて、奏のところへ持っていってやった。

「兄さん、飯」

いつの間にかベッドに潜り込んでいた奏が上体を起こしてそのまま俯いてしまったので、
庸平は内心でため息をついた。

「面倒なら食べさせてあげるから、口、開けて」

「ん」

ふうと雑炊に息を吹きかけ、それを奏の口許に持っていく。

奏は退屈そうな顔で、スプーンを口に含んだ。

……うわ。

食べさせてやるのは初めてではないものの、想像以上にずっとエロティックだった。

いつも以上に顔色の悪い奏は、皮膚が透けて血管さえ見えそうだ。その頬骨のあたりに長い睫毛《まつげ》の影が落ちて、アクセントになっている。

「どう？」

「美味しい」

奏はぼそりと呟いた。

しばらく食べさせられているうちに少し気力を取り戻したらしく、庸平の手からボウルを受け取って最終的には卵焼きも湯豆腐も、全部ぺろりと平らげた。

「お代わり」

「一気に食べると、それこそ腹を壊すと思うけど」

「だって」

子供っぽくそこで言葉を切った奏は、「お腹、空いてた」とだけ告げる。

「見ればわかるよ。いつから食べてないわけ？」

「二日くらい？」

「それでそんなに弱るなんて、おかしいよ。不摂生の積み重ねだろ。相当、酷い食生活だったみたいだな」

「………」

奏は言葉もないという様子で俯いた。

「自分で何でもできるんじゃなかったのか？」

「できるよ。でも、する気がしなかった」

「それはできないって言うんだよ」

そうでなくとも薄っぺらだった奏の肉体は、前にも増して薄くなってしまっている。

奏は、馬鹿だ。

自分がそばにいたら、こんなにやつれさせたりしないのに。

「だからって躰壊してたら仕事にもなんないだろ」

「……一仕事終わったよ。シェアオフィス行ってるあいだは、ちゃんとご飯食べるし」

「理央さんが作ってくれるから？」

意地悪く尋ねると、奏はあっさりと否定した。

「ワンコインランチは週一。皆で買い出しに行ったりするだけ」

「昼飯だけで、躰が保つわけないだろ」

「………」

奏は再び視線を落とす。

「俺がいないからって、当てつけか？」

「そうじゃないけど」

「けど、なに」

苛々してきた庸平は、奏を見据えた。

「兄さんが何でも一人でできるって言うから、俺は出ていったんだ」

「何で」

「何でって……」

庸平は絶句する。

「そばにいるのがつらかったからに決まってるだろ。兄さんだって、年上で社会人なんだから、自分のことくらいちゃんとやれよ」

自分の心情に踏み込まれるのが嫌で、庸平は論点をさりげなくすり替える。

「何でそう、何もできないんだよ。これじゃ心配で俺も独り立ちできないだろ。しっかりしてくれよ！」

だんだんボルテージが上がってしまい、つい、言葉が荒々しくなる。

「おまえがそうしたんじゃないか！」

突然怒鳴りつけられて、庸平はびっくりした。

「え？」

感情の起伏がほとんど見えない奏が、頬を紅潮させて怒りに震えている。

誰だ、これは。

自分の知っている、可愛いだけの手のかかる奏じゃないのか。

「おまえが僕をスポイルしたんだろう。だったらおまえが責任を取るのは当然だ」

「何だよ、それ」

「……おまえがいなくちゃ何もできないようにしたくせに」

雄弁なうえに想定外に恨みがましい言葉に、庸平は目を瞠った。

——自覚は、あるようで……ないような。

確かに、奏が自分だけを頼ってくれればいいって思っていた。

だが、それをはっきりと表に出したことはなかったはずだ。庸平はいつも自分の気持ちを隠していたつもりだったからだ。

家族の義務として奏には接していたけれど、そこに自分の独占欲が介在していたことに、いつから気取られていた……？

「僕はおまえがいなくちゃだめなのに、突然手を離すなんて、おかしい」

気づかれていたのは仕方がないとしても、奏の言い分には賛同できない。

これでは自分専用の家政婦がいなくなったことに怒りを感じているとしか思えなかったからだ。

「……ちょっと待って」

庸平は奏の怒りを逸《そ》らそうと、極力やわらかな声で呼びかけた。

「なに」

「それってどういうこと？　つまり一生、俺は兄さんの世話係ってわけ？　冗談じゃない」

そんな非現実的なこと、できるわけがない。

こちらだってそんなことをさせられては、心が擦《す》り切れてしまう。

「えっと……怒ってるのか？」

「当然だろ！　弟にそこまでさせるわけ？　そんなの理央さんにさせればいい」

弱っている奏にこうして迫るのもどうかと思ったが、気になるのだから仕方がない。

「何で理央さんが関係あるわけ？」

「何でって、つき合ってんだろ」

奏が首を傾げる。

「は？」

奏は怪訝《けげん》な顔になった。

「どうしてそうなるんだ？」

「違うのか？」

「違う」

なおも疑《うたぐ》り深い顔をしている庸平に気づいたのか、奏は淡々と続けた。

「理央さんは、伊吹くん……シェアオフィスの子とつき合ってるし……」

「……じゃあ、料理教えてくれるっていうのは？」

「そのまんまだけど……」

困惑した様子を隠さず、奏は首を傾げる。

「それなら、何で理央さんとか下の名前で呼ぶんだよ。紛《まぎ》らわしいだろ」

「それは、みんなが理央さんって呼ぶから……」

庸平の勢いに押され、奏はすっかりたじたじになってしまっている。

それなら、奏の彼氏はいったい誰なのだろう。

庸平の知らない第二の人物がいるというのか。

しかし、これまでの奏の言動を振り返ってみても、理央以外の人名が出てきた記憶はほとんどなかった。

「それなら、兄さんは誰とつき合ってるわけ？」

「つき合ってる人は、いない。——好きな人はいる」

後半は小声でつけ加えられた。

「だったら、その好きなやつにやらせればいいだろ」

「………」

奏は微かに唇を噛んでから、きりっと顔を上げた。

「それなら、おまえは？　庸平は何で、今まで僕の面倒を見てきたわけ。何で僕と寝たの？」

直球過ぎる質問に、庸平はたじろいだ。

「今は兄さんと寝たかどうかなんて関係ないだろ」

「あるよ！」

奏は掛け布団を握り締めながら、庸平をぎらぎらと光る目で睨《にら》んだ。

普段は物静かなだけに、凄まじい迫力を感じて庸平はたじろぐ。

「――そんなの……好きだからに決まってるだろ！」

吐き捨てるように言ってのけると、一旦、奏はぽかんとしたようだ。

「わかったなら、もう俺のことはあてにしないでほしい」

「あてにはしていない」

奏の声が、掠れている。それが色っぽいものに聞こえて、心が震えた。

「頼るのもだめだ。だいたい、兄さんはどういうつもりで俺のそばにいるんだよ」

「そばにいたい、から」

「……は？」

「おまえがいれば、それでよかった」

どう解釈すればいい言葉なんだ、それは。

庸平は動揺しまくって呆然としている自分に気づき、頭を抱えたくなった。

けれども、ここで尻尾を巻いて逃げ出しては、一生、奏の真意なんてわからない気がする。

これがいわゆる正念場というやつなのだ。

「おまえが、最初に兄弟がいいって言ったんだ」

「えっと……いつ？」

「ずっと前。兄弟だって、おまえが決めたんだ」

「…………」

返す言葉を忘れて、庸平は兄を凝視する。

俯いたままの奏は、こちらを見ようともしなかった。

「おまえが弟でいるって言うから、僕はそれを尊重している。文句を言われる筋合いはない」

「だったら、俺が恋人になりたいって言えばなるのかよ」

むっとした庸平は、またしてもボルテージが上がってしまう。

「うん」

どこまで馬鹿にしているのか。

苛立ちつつ踵《きびす》を返そうとしたが、奏が庸平の服の裾《すそ》をいきなり引っ張った。

「……おい」

「言うとおりにしたかった」

奏の声が、揺らぐ。

「初めてできた、弟だから……お兄さんらしくしたかった。おまえがしたいことを、させようって決めた。それが、いいお兄さんのすることなんだろう？」

確かめるような奏の声は、甘くて。

「…………」

「おまえは弟がいいって言った。家族なら、恋人になれない。だから、僕は……おまえの兄でいようと思ったんだ。それの、何が悪いんだ？」

そんな単純な線引きなのか。

「俺はあんたの奴隷とか世話係とか、そういうのじゃないわけ？」

意地悪な口調で振り向きもせずに尋ねてやる。

「自分のことは自分でできる……と、思う」

奏の声がどんどん小さくなっていくのは、倒れてしまったことを恥じているせいだろう。

「家事でしか、僕に関わってくれないだろ。映画だって誘うのは僕からだし、おまえはそれ以外はほとんど相手にしてくれないし……」

慌てて振り向くと、奏は耳まで真っ赤になって庸平に縋《すが》っている。

嘘、だろう。

あり得ない。

でも、その落とした肩のラインの頼りなさとか。

何よりも、うなじまで真っ赤になって震えているところとか。

全部、可愛い。

いつもの奏らしくはない、素直さに満ちている。

「本当、なのか？」

「嘘をついてどうするわけ？」

可愛げがないのに、可愛い物言い。

「じゃあ、何で素直にそう言わないんだよ」

「おまえが言ったんだろ。思ったことはあまり言わないほうがいいって」

「……いつ？」

「ずっと前」

それって、奏が告白してきた相手に殴られたときのことだろうか。

ならば、記憶にある。

本当のことは誰にも言わないほうがいいと、奏に言った覚えが確かにあった。

あのときから、ずっと奏に我慢させてきた。

どきりとして、心臓が強く疼いた。

言いたいことも言わせずに、奏の中に思いをすべて貝のように押し込めさせてしまってたのは、庸平のあの言葉のせいだったのか。

本当の姿は自分だけが知っていればいいと思ったせいで、奏は庸平にさえも本心をさらけ出せなくなっていたのだ。

……馬鹿だ。

俺は、馬鹿だ。

そういえば、思い当たることはゼロじゃない。たとえば、庸平のことにはまったく興味がなさそうなのに、ちゃんと仏像の資料をもらっていてくれた。

映画だって、何食わぬ顔で庸平の関心がありそうなものばかり誘ってくれていたじゃないか。

自分の都合で奏に無理やり兄の顔をさせていたのは、自分のほうじゃないのか。

型に嵌《は》めて、そこから出られないように奏を縛《しば》りつけていた。

自分に、覚悟がなかったから。

兄弟というラインを飛び越えるつもりがなかったせいで、奏の言動に制限をしていたのは、庸平だった。

自分の知らない面は、誰にだってある。奏にも、ある。

「それ、信じていい？」

「おまえの勝手だ」

ぶっきらぼうな口調が、妙に可愛く思えてきて口許が緩む。

「でも、信じてほしいんだよな？」

「……うん」

訥々《とつとつ》と答える奏の可愛さに耐えきれなくなり、庸平は彼をぎゅっと抱き締める。

「庸平……？」

「その……一目惚れ、だったんだ」

そこから言わないと、どうして自分が『兄弟』という立場にこだわったのかをわかってもらえない気がした。

なので、恥ずかしかったけれど最初から説明するほかない。

「兄さんって呼ばなくちゃいけないと思っていた。そうじゃないと、我慢できなくなる。あんたのことを一人の相手として好きだって認めたら、あまりにも惨めだし、家族だってめちゃくちゃになる」

「惨め、なのか？　僕を好きになるのが」

奏は少しばかり、傷ついたような声を上げた。

「間違ってた……ごめん。弟だから、いつか俺は兄さんに振られるだろうって思ってたから……」

みっともないところを晒《さら》すことにも、抵抗はなかった。

奏の気持ちがわかってきた以上は、もう、心配はない。

つまり、その。

自分たちは長いあいだ、両思いなのにまったく気づいていなかっただけだったのか。

「好きだ、奏」

「……うん」

一度手を放してから改めてベッドに腰を下ろし、奏と目線を合わせる。

澄んだ奏の目には、強い意志の光が戻ってきていた。

「奏は俺のこと、好きなんだろう？」

兄さんじゃなくて奏と呼ぶと、彼は困ったように微笑《ほほえ》んだ。

「……そうだよ」

肯定の台詞《せりふ》に耐えられなくなり、庸平は再び奏に手を伸ばす。思い切って唇を塞《ふさ》ぐと、少し乾きかけて荒れているのがわかった。

「ン……んん……」

彼を抱いた腕に力を込め、庸平は舌を滑り込ませる熱烈なキスを浴びせた。

病気だとか体力がないだとか、そういう前提は全部吹き飛んでいる。

奏が欲しかった。

両思いだと判明した途端にセックスをするのは即物的すぎて浅ましかったが、いつになく殊勝《しゅしょう》な奏を見ていると我慢なんてできなかった。

「奏、したい」

奏、と呼び捨てにして庸平がそう要求すると、彼は呆《あき》れたような顔になった。

それでいて頬は赤いのだから、素直なものだと感心する。

「したいって、もっと情緒はないのか」

「仕方ないだろ」

開き直った庸平を一瞥《いちべつ》し、奏は目を伏せたまま口を開いた。

「お風呂入ってから」

「なら、入れてやるよ」

意外なことに、してもいいらしい。

これを逃してなるものかと、庸平は先回りする。

「え？」

「そんなにふらふらで、転んだりしたら困るし」

だとしたらこんな状況でするなよとも自分で思ったが、どんな言い訳をつけてもいいから奏が欲しかった。

「お風呂……掃除してない」

「はあ!?」

家はそれなりに綺麗だったので、まさか風呂場を掃除していないとは思ってもみなかった。

「だって、体育館でシャワー浴びられるし」

「体育館?」

奏の口から、想像したこともない単語が零れて庸平はまたしても愕然とする。

体育館って、体育館か……?

そういえば最近もその単語を耳にした気もするが、思い出せない。

「バスケの練習」

奏にはおよそ似合わない、バスケという単語。

そこでようやく、バスケという言葉が以前理央のくれた情報とつながった。

「それって、市の大会の準備ってやつ?」

「うん」

「何度も練習があったのか?」

「週一」

奏は淡々と言葉を紡《つむ》ぐ。

「……もしかして、俺がうちにいるときも外で髪とか洗ってたりした？」

「え？　うん、汗掻くと気持ち悪いから」

奏が天然だと思うのは、こういう瞬間だ。

嫉妬《しっと》させたいとかそういう感情はまったくなくて、単に練習のあとに気持ちよく汗を流したのだろう。

庸平が奏に新しい彼氏ができたと勘繰《かんぐ》って悶々としているあいだ、彼は、市の体育館でバスケなんて似合わないことをして健全な汗を流していたに違いない。

つくづく、自分たちのあいだにはコミュニケーションが足りていない。

「……掃除してくる」

「手伝おうか？」

「寝てていいよ」

バスルームは心配するほどの惨状ではなかったので、腕捲《まく》りをして無心になってスポンジでバスタブを磨《みが》いた。

何だか、生活感がありすぎて笑えてくる。

好きな相手と初めて両思いだとわかってセックスするのに、風呂掃除から始めるなんて、どういう状況なんだ。

それでも、馬鹿みたいに浮かれていた。鼻歌を口ずさみつつも床と壁はざっと洗うだけにして、お湯を張り始める。

そろそろお湯が沸くというタイミングになって奏を呼び、彼に服を脱ぐよう言った。

「何で見てるの」

奏が脱衣するのをじっと見ていると、彼は不満げにぽつりと言った。

「べつに、いいだろ。お互い裸なんて何度も見てるし」

「そうだけど……恥ずかしい」

奏はうなじどころか胸のあたりまで真っ赤にしてしまっていて、その羞恥《しゅうち》ぶりが新鮮だった。

なるほど、ツンデレってこういう意味だったのか。

「兄弟じゃなくなるから？」

「……うん」

バスルームに一足先に入った奏は、もう躰を洗い始めている。

ボディソープのシトラスの香りが、あたりに漂《ただよ》っていた。

リフォームするときに広々とした風呂を設計してくれた入浴好きの母に、感謝しなくてはいけなかった。

「奏」

唇を触れ合わせると、奏が「寒い」と呟く。

「すぐに暑くなる」

蓋を開けた浴槽は、濛々《もうもう》と湯気が立ち上っていた。

「ン」

キスのあいだに奏が焦《じ》れったそうに鼻を鳴らしたので、舌を滑り込ませる。

「ん、ん…ぅ…」

やわらかい奏の、唇。

普段は生意気で辛辣《しんらつ》なくせに、こういうときは……甘い。

「奏」

途端に我慢できなくなって、庸平は奏の鼻に軽く嚙みつく。

「いたい」

「わざと、痛くしてるんだ」

「変態だな」

口癖のように毒づかれて、笑いそうになるのを堪える。

「だと、思うよ」

義理とはいえ、兄として出会った相手に欲情して、欲しがって。

でも、これからはもう我慢しない。

「奏」

奏の小さな口の中は、熱くて。舌を滑り込ませると、庸平は夢中になって隅々《すみずみ》まで舐《な》めた。

「ふ……ぅん……庸平……っ」

快楽のためというよりも、奏のことをもっと知りたかったからだ。

「なに？」

「キス、しつこい」

涙目になった奏に睨みつけられ、庸平は苦笑した。

「ごめん、でもせっかくだからさ……」

しつこいと言われようと何だろうと、後に引きたくはない。ひとしきりキスをしているうちに、奏がとろんと頬を染めて脱力する。

「洗わないと、さすがに舐める気はしないな」

「は……？」

もっと丁寧《ていねい》な愛撫《あいぶ》で彼の欲望を高めようとかそういうことを考えていたはずなのに、いざとなると、我慢ができなかった。

さすがに暑くなってきたらしく、奏の膚《はだ》はすっかり汗ばんでいる。彼が数歩後退ったので、庸平は自分の手にボディソープを垂《た》らし、立ったまま彼の躰を洗い始めた。

「……ふ……」

愛撫のような指先に反応したらしく、奏がもう頬を染めている。

これだけじゃ、足りない。

もっと触れて、もっと奥まで知りたい。

奏のことを。

「あ、は…ッ……」

「可愛い」

「ばか…そんなこと……」

躰を洗いながら指先で性器のかたちを辿り、ゆるやかに扱《しご》く。それだけで奏が甘ったるい声を漏らして、ずるずると躰の力を抜いていく。

「兄さん、腰、浮かせて」

少し強引な体位だと思ったが、後ろを解《ほぐ》さなければ結合もできない。そう思って庸平は奏を壁伝いに座らせると、自分はその小さな蕾に指を這《は》わせた。

「ッ」

「痛い?」

「しみる……」

奏は痛々しく呟いたものの、文句はないようだった。その証拠に、庸平の指に纏《まと》わりつく内壁は熱く、やけに従順だ。

「う…ん……」

なるべく慎重に指を動かして内側を解していると、奏が焦れったそうにため息をつく。

「なに？」

「そんなの、もう……いいだろ」

感じてくれていないのだろうか。

不安になるけれど、奏自身も漲《みなぎ》っている。

「どういう意味？」

「さっさとしろよ」

声が不安に揺れて、震えているようだ。

奏も欲しいのだろうか。

「情緒がないな」

「うるさい」

からかってやると、奏は潤《うる》んだ目で庸平を睨んだ。

「あとでいいだろ……そんなの……」

「じゃあ、挿《い》れるよ」

庸平は奏の足を掴むようにして躰を滑らせ、タイルの上に押し倒す。そして、その細い脚を抱き込んだ。

小さな蕾に自分のそれを押し当てると、まるで待ち侘《わ》びていたみたいに吸いついてくる。

……うわ。

親父臭いなと思いつつも、率直な感想なのだから仕方がない。

「奏」

ゆっくりと躰を沈めると奏は一瞬息を呑む。

内奥がひくりと締まったのを感じたが、次の瞬間には、白いものが飛び散っていた。

まさか、もう達《い》くなんて思ってもみなかった。

さすがに奏は呆然としている。

「嘘、もう?」

からかうつもりも馬鹿にするつもりもなかったのだが、そんな感想が漏れる。

「うるさい……」

黙れと促《うなが》されて、その可愛さに庸平は胸がいっぱいになってしまう。

「奏」

「待って、痛い」

床では背中が痛いらしく、奏は壁に寄りかかったが、これでは深く挿れられない。挿れようと思うと、どちらかといえば不安定な体勢を強《し》いてしまう。

だけど、我慢できない。

珍しいシチュエーションだからこそ、風呂場でセックスしようと思ったことを申し訳なく思った。

「ごめん」

庸平の腿《もも》に半分座らせるような体勢で、奏は半分壁に寄りかかっている。

「痛い……」

「でも、これが一番だからさ」

こんな不安定な体勢では苦しいだろうと思ったが、だからといって、こんなところで始めてしまってはどうしようもない。

軽く膝を開いて自分の体勢を安定させると、庸平は思い切って突き上げた。

「は…」

奏の呼吸が揺らいでいる。

見下ろすと、彼は不安定な恰好で涙を浮かべながら、庸平を見つめていた。

やっぱり、可愛い。

どうしようもなく可愛い。

「奏…ッ……」

堪えきれずに腰を動かし、熱い内部を穿《うが》つ。

こんなふうにしたら華奢《きゃしゃ》な奏は壊れてしまうかもしれないとわかっていても、積年の思いを解消する方法を思い浮かばない。

「あ…っ、あ……あっ」

「ごめん、酷《ひど》くして……」

「！」

踠《もが》くようにばたつかせた奏の手がカランのレバーに当たり、冷たいシャワーが頭上から降ってくる。

頭からびしょ濡れになって慌てて止めようと思ったけれど、すぐにあたたかくなった湯に打たれているうちにどうでもよくなってきた。

「こっち」

自分の首に腕を回すように促し、縋《すが》りついてきた奏の躰を征服していく。

熱い湯が降り注《そそ》ぐのが心地よかった。

「は…ふ……ぅう…ッ」

「出して、いい？」

「ん」

奏が苦しげに声を替えながら達し、それに引きずられるように庸平も彼の中に自分を解《と》き放つ。

ああ……こんなに、いいんだ。

行為の時間そのものは性急だったし、余韻《よいん》も何もない。

なのに、好きな人とのセックスはこんなに気持ちがいい。

好きだとわかっていて、相手が心から自分を受け容れてくれていると知っているから。

「好きだ……」

「うん」

雨のように降りしきるシャワーを浴びながら、奏の唇にそっと触れる。

「好きだ、奏」

「うるさいよ」

照れてしまったらしく、よろよろと押し退けるようにして奏は身を起こした。

庸平の腿から何とか下りると、小さく息んで庸平の精液を排出する。

その一連の動作が何というかとても扇情《せんじょう》的で、庸平はため息をつきたくなる。

だめだ。

「もう一度、洗ったほうがよくない？」

「せっかく綺麗にしても、どうせまたやるんだろ」

「してもいいの？」

無言のまま奏がバスタブに身を沈めたので、庸平もそれに続こうとする。

「誰が入っていいって言った？」

わざとらしく手足を伸ばした奏が不機嫌に言ったものだから、「俺もあたたまりたい」と嘯《うそぶ》くと、彼はこれ見よがしにため息をついた。

「……何か悪かった？」

「べつに」

「照れてるのか？」

「誰が！」

奏が珍しく顕著《けんちょ》な反応を示したので、照れているのだとわかっておかしくなった。

でも、自分だってもう遠慮はしない。

強引に湯船の中に入って、奏の正面に腰を下ろす。

「濡れてるな」

「あれだけ浴びれば当然だろ」

手を伸ばして、奏の濡れた前髪をつまむ。前はあんなに触れ難《がた》いと思っていた奏が、とても、近い。

そうか。

こんなに簡単なこと、だったのか。

自分の気持ちに従ってみるのは。

顔を近づけてみると、奏はいやに素直に目を閉じた。

キスしてみると、唇は甘くて。

甘くて、我慢できない。

「ごめん、もう一回していい？」

「何で謝《あやま》るんだ」

不機嫌そうな声が戻ってきて、庸平は首を傾げる。

「兄さんはしたくないのかなって……思って」

「……そこが馬鹿なんだ」

奏は呟く。

「じゃあ、していいの？」

「…………」

無言のままで奏が膝を使って躙《にじ》り寄り、庸平の腿に腰を下ろす。

「……いいよ」

ぷいとそっぽを向いたままそう言われると、もう、我慢できない。

「奏」

好きだ。

どうしよう、すごく、好きで、我慢できない。

あっという間にそそり立ったものを奏の小さな入り口に押しつけて、腰を掴もうとする。

その手を彼は自分で押し留めて、庸平の腿に腰を下ろしてきた。

「あ、あっ……」

途切れそうなほど甘い声が、鼓膜《こまく》を打つ。

庸平はといえば、奏が初めて能動的な行為に出てきてくれたのが嬉しくて、素直にその悦《よろこ》びに身を委ねていた。

「奏」

突き上げると、その細い躰が跳ねる。

「馬鹿、いたい……」

「ごめん、でも、気持ちいいでしょ？　感じてるし」

湯の中で揺れる兄の性器を掌《てのひら》で包み、そっとしごく。それだけで奏は反応し、ぴくぴくと躰を震わせた。

「奏……」

もう一度激しく突き上げ、力いっぱい熱いものを注ぎ込む。満足いくまで奏を味わい、庸平はやっと彼から身を離した。

互いの息を整えてから、奏が口を開く。

「——それで、いつ、戻ってくるんだ」

「え？」

「シェアハウス」

「……ああ」

少し考えてから、庸平は「週末には戻るよ」と告げる。

「まだもう少しあっちにもいたいから、たまには飯でも食べにくればいい」

そこで奏を他の連中の目に晒《さら》すのは嫌だったが、また倒れられるよりはいい。

「……嫌だ」

「どうして」

「おまえ、もてるんだな」

唐突に言われて、庸平は目を丸くする。

「もしかして、妬《や》いてる？」

「どうしてそうなるんだ」

奏は不機嫌そうに唸《うな》り、ぷいと顔を背《そむ》けた。

「ただ、見たままのことを言っただけだ」

「妬いてるんだろ？」

「…………」

それきり奏は黙り込み、俯いてしまう。向かい合わせでバスタブに収まっていたのでその足を絡ませてやると、彼は眉をひそめた。

「よせ」

「嫌だ」

「何で」

「こういうじゃれ合いとか、したことないだろ。たまにはしたい」

「子供みたいなことを言うんだな」

「年下だしね」

さらりと言ってのけると奏はふてくされた顔つきになり、そして今度こそ沈黙する。羽目を外してこんなところでしてしまったことを怒られなくてよかった。

「好きだ」

「わかってる」

奏はそう言って、面倒くさそうな顔で庸平の顔に水滴を飛ばす。それに応じて湯を飛ばし返すと、奏はむきになって水をすくう。子供っぽくじゃれ合えるのは兄弟であり、恋人でもあるからだ。

そう考えると嬉しくなって、ひとまず恋人らしく振る舞おうと、庸平は噛みつくように奏にくちづけた。

あとがき

こんにちは、和泉桂です。

このたびは「兄弟（仮）！」をお手に取ってくださってありがとうございました。

一応、「彼氏（仮）？」のスピンオフなのですが内容的にはほぼ関係ないので、あまり気にしていただかなくても問題ありません。もちろん、読んでいただけるのはとても嬉しいですが……（笑）。

今回はできるだけさらっと書いてみようということで、いつもとは違う書き方になりました。不思議ちゃんの奏に接する庸平のぐるぐるぶりを楽しんでいただけましたら幸いです。

一応本作でも、諸事情から舞台は架空の土地となっています（笑）。お仕事描写なども関係者からアドバイスをいただきましたが、結局はそれぞれ流儀が違うという結論になりました。できれば目を瞑っていただいて、二人の関係を楽しんでいただけますと嬉しいです。

庸平は仏像好きという設定ですが、私も仏像とか古いものが好きです。過去に作られたものがこの時代にも残っているのだというのは、本当に感動します。街の一角にあるような小さな博物館を見るのも楽しくて、最近では趣味の一つになっています。

この作品に取りかかったのは早い時期だったのですが、できるだけシンプルに書くというのを目標にしたせいかかえって深みに嵌まってしまって、ものすごく時間がかかりました。時間はあるのに進まず、たくさんの方々にご迷惑をおかけしてしまい、とても心苦しく、悶々とする日々を送りました。ご迷惑をおかけしてしまい、大変申し訳ありませんでした。

多大な迷惑をかけてしまったにもかかわらず、とても素敵なイラストを描いてくださった、のあ子様。本当にありがとうございました。ツンデレで可愛い奏と男らしく面倒見のいい庸平、とても眼福でした。今回も美しいタッチのカラーイラストにしみじみと見入ってしまいました。

進まない中で原稿と格闘しているときにアドバイスをくださり、常に助けになってくださった担当編集のO様とA様、どうもありがとうございました。こうして可愛い本を作ってくださった編集部、印刷所、デザイナーの方々にも心より御礼申し上げます。

そしてこの本をお手に取ってくださった読者の皆様、本当にありがとうございました。少しでも楽しんでいただけますと幸いです。

苦しんだ分だけ、一冊の本が完成することに対し、いつもと違う喜びを噛み締めています。今回の経験を糧にして、少しでも成長できればと思います。

また次の本でお目にかかれますと幸いです。

和泉 桂

それからの話

シェアハウスから引き上げてきた弓場庸平《ゆみばようへい》は、後期の授業が始まったこともあって抜き差しならない事態に陥《おちい》っていた。

就職活動が始まるのを気に辞める予定のアルバイトも、最後の仕事が大詰めになり、庸平は家事どころではなくなってきた。

家事は大事だが、それに時間を取られていてはほかのことができなくなる。優先順位をつけるなら、一が学校、二がバイト、三は睡眠時間——以上だった。

こうなると、忙しすぎて食事をするのも惜しいくらいだった。

当然、家はひどく荒れ果てていた。

庸平がシェアハウスで暮らしているあいだは兄の弓場奏《かなで》も多少は遠慮し、汚さないように気をつけていたらしい。

だが、庸平が戻ってきた途端に気が抜けたのか、以前と同じ生活をしている。

コーヒーを飲んでもマグカップ一つ洗うわけでもない。これでシェアオフィスでどうしているのかと尋ねると、普通に自分でコーヒーを淹《い》れてマグカップもちゃんと洗うというのだから、外面の良さにも恐れ入る。

「……まいったな」

大学が都内ということもあるのだが、通学時間を考えてもかなり厳しい。

奏に食事当番だけでもやってもらおうか。しかし、そうすると奏に栄養のあるものを食べさせたいという自分の願いが叶わなくなる。

――どうしたら、いいのか。

頭を悩ませていると、吉沼順一《よしぬまじゅんいち》が「どうした？」と不安そうに声をかけてくる。

「え？」

「さっきからフリーズしている」

「あ、ああ、すみません」

バイト先でミーティングが終わったばかりだというのに、つい、ぼーっとしてしまった。

「顔色悪いし、今日は帰ったらどうだ？」

「そう、ですね……」

庸平は言葉を濁《にご》し、頷《うなず》いた。

――飯、どうする？

ＳＮＳ経由でメッセージを送ると、『忙しい？』と一言返事がある。

――死にそう。

——何か買ってく？

——胃も死んでる。

——じゃあ、作るよ。

主語が思い切り抜けているのは日本語の特長だとしても、作るって……奏が？

庸平は一瞬フリーズし、それから急いでスマホを操作した。

——できるのか？

——たぶん。

あとはデフォルトのふざけたイラストが送られてきたので、庸平は悶々《もんもん》としてしまう。だが、バイトをどうにかしなくてはいけないのも事実だったので、今の衝撃的なメッセージのことを忘れようと決めた。

そもそも、これまでに奏の手料理を食べたのは一度だってないのだ。彼は自分も家事はできると豪語していたが、本当にできるかあやしいものだった。

結局、一段落ついたのはそれから一時間後だった。

帰宅すると、遠くからでもそうとわかるほどに家の電気が点けられている。前はまったく気にしなかったくせに、防犯のことも考えているらしい。

門扉《もんぴ》を潜《くぐ》ってからドアの鍵を開けると、何か焦げたような匂いがする。

フライパンでも焦がしたのだろうかと思ってキッチンへ向かうと、奏がガスレンジに向かっていた。

「ただいま」

「……お帰り」

振り向いた奏はエプロンを身につけている。

「ど、どうしたの？」

「ご飯作ってる」

ぼそりと呟《つぶや》いた奏の手元には、焦げかけた目玉焼きがあった。

「美味《おい》しそうだね」

料理というからにはどんなものを食べさせられるのだろうかと、期待と不安が半々だった。無難なものを選んでくれたことへの感謝と、シンプルすぎる料理への落胆の双方を抱きつつも、庸平は感想を口にした。

「冷める前に食べたら？」

そんな奏の口ぶりが可愛くて、庸平は目を細めた。

火が通り過ぎた目玉焼きはぱさぱさで固かったが、奏が作ってくれた初めての手料理はとても貴重だった。

目玉焼きの夕飯は、それから三日続いた。トーストとサラダと目玉焼き、目玉焼き丼、目玉焼きサンドウィッチとパターンを変えてはくれたものの、さすがに三日目には音《ね》を上げかけた。けれども、作ってもらっておいて文句は言えない。

バイトの納期ももうすぐだったので、とにかく今は乗り越えたかった。

それに、奏は規則正しく夕食を作れる時間に帰宅しているようで、疲れ切って家に帰ると必ず出迎えてくれる。

それが、とても嬉しかった。

なんだか、幸せだと思う。

まるで新婚家庭みたいだ……そう考えてから、庸平は頬を火照《ほて》らせる。

この生活は、もし両親が帰ってきたらどうなるのだろう。

そもそも、父と母にこの関係を白状できるのか？

「何、赤くなってるわけ？」

食後。リビングのソファに腰を下ろしてティーバッグを放り込んだままのお茶をマグカップから飲んでいると、奏が鋭い指摘をする。

「いやさ……父さんたち帰ってきたらどうしようかと思って」

「どうしようって？」

「今までみたいにはしてられないだろ」

「家、探せばいい。おまえも就職するし、都内に近いほうがいいだろうから」

奏はあっさりと言った。

「えっと……それでいいのか？」

「いいって、何が？」

ほかに何があるとでも言いたげな口調だ。

確かに奏はフリーランスだからどこで暮らしてもいいのだろうが、それにしたって気楽すぎやしないか。

「親にも言うの？」

「言いたくないのか？」

「そういうわけじゃないけど……」

「じゃあ、言うだろう？」

「うん。言うよ。反対されたって説得してみせる」

今はイギリスの大学で教鞭《きょうべん》を執《と》る父と、仕事を辞めて彼を支える母だったが、いずれは日本に戻ってくるだろう。そのときに反対されるかどうかは、考えても不明だった。

どちらにしても、庸平は何も考えてはいなかった。

庸平は奏との関係に必死だったし、これからの就活のことに気を取られていた。将来的なことを考えていなかったのに、奏はとっくに腹を括《くく》っていたのだ。

一緒にいるためにはどうするかを、きちんと考えてくれていた。

それが嬉しくて、微笑《ほほえ》ましくなる。

「……なんだよ」

にやけた口許《くちもと》を右手で隠そうとしたが、隣に腰を下ろした奏に目敏《めざと》く見つかってしまう。

「いや……その、兄さんのことをすごく好きだって思って」

「は？」

鳩が豆鉄砲を食らったようなという古典的な表現を使えそうなほどに、奏は面くらった顔をしている。

「奏はいつから俺のこと、好きだった？」

「覚えてない」

奏はむっとした顔で呟いて、それから、「けど、ずっとだ」と付け足す。

ずっと前から好きだったのは、庸平も一緒だ。

照れてしまったように俯《うつむ》く奏がとても可愛くて、庸平は我慢できずに彼を抱き寄せた。

✦初出　兄弟（仮）！……………書き下ろし

和泉 桂先生、のあ子先生へのお便り、本作品に関するご意見、ご感想などは
〒151-0051 東京都渋谷区千駄ヶ谷 4-9-7
幻冬舎コミックス　ルチル文庫「兄弟(仮)！」係まで。

幻冬舎ルチル文庫
兄弟(仮)！

2015年3月20日　　第1刷発行

✦著者	和泉 桂　いずみ かつら
✦発行人	伊藤嘉彦
✦発行元	株式会社 幻冬舎コミックス 〒151-0051 東京都渋谷区千駄ヶ谷 4-9-7 電話 03(5411)6431［編集］
✦発売元	株式会社 幻冬舎 〒151-0051 東京都渋谷区千駄ヶ谷 4-9-7 電話 03(5411)6222［営業］ 振替 00120-8-767643
✦印刷・製本所	中央精版印刷株式会社

✦検印廃止

万一、落丁乱丁のある場合は送料当社負担でお取替致します。幻冬舎宛にお送り下さい。本書の一部あるいは全部を無断で複写複製(デジタルデータ化も含みます)、放送、データ配信等をすることは、法律で認められた場合を除き、著作権の侵害となります。

定価はカバーに表示してあります。

©IZUMI KATSURA, GENTOSHA COMICS 2015
ISBN978-4-344-83409-5　C0193　Printed in Japan

本作品はフィクションです。実在の人物・団体・事件などには関係ありません。

幻冬舎コミックスホームページ　http://www.gentosha-comics.net

「幻冬舎ルチル文庫」
大好評発売中

発行●幻冬舎コミックス　発売●幻冬舎

「幻冬舎ルチル文庫」
大好評発売中

発行● 幻冬舎コミックス　発売● 幻冬舎

「幻冬舎ルチル文庫」
大好評発売中

衛山忍はイケメンでモテそうな外見に反して、趣味が読書で静謐を好むため恋人はいない。しかし、幼馴染みが結婚することで「結婚」に興味を覚えた忍は、一週間の「花嫁」レンタルサービスを申し込む。好みの花嫁を選んだ忍のもとにやってきた桃川侑はなぜか「男」!? 困惑しながらも侑と新婚生活を送ることにした忍。次第に二人は惹かれあい……。
［花嫁さん、お貸しします］
和泉 桂
イラスト
神田 猫
本体価格600円＋税

発行●幻冬舎コミックス　発売●幻冬舎

「幻冬舎ルチル文庫」
大好評発売中

発行●幻冬舎コミックス　発売●幻冬舎